Nanjing
Cultural Talent
南京文化人才

文学之都 · 青春文丛

对话：走向网络文学经典之路

李玮　主编

南京出版传媒集团
南京出版社

图书在版编目（CIP）数据

对话：走向网络文学经典之路 / 李玮主编. -- 南京：南京出版社，2022.12
（文学之都 · 青春文丛）
ISBN 978-7-5533-3918-4

Ⅰ. ①对… Ⅱ. ①李… Ⅲ. ①网络文学 - 文学评论 - 中国 Ⅳ. ①I207.999

中国版本图书馆CIP数据核字（2022）第202294号

丛 书 名　文学之都 · 青春文丛
书　　名　对话：走向网络文学经典之路
主　　编　李　玮
出版发行　南京出版传媒集团
　　　　　南 京 出 版 社

社址：南京市太平门街53号　　邮编：210016
网址：http：//www.njcbs.cn　　电子信箱：njcbs1988@163.com
联系电话：025-83283893、83283864（营销）　025-83112257（编务）

出 版 人　项晓宁
出 品 人　卢海鸣
责任编辑　孙海彦
装帧设计　石　慧
责任印制　杨福彬

排　　版　南京新华丰制版有限公司
印　　刷　南京爱德印刷有限公司
开　　本　787 毫米 × 1092 毫米　1/32
印　　张　8.25
字　　数　151千
版　　次　2022年12月第 1 版
印　　次　2022年12月第 1 次印刷
书　　号　ISBN 978-7-5533-3918-4
定　　价　56.00 元

用微信或京东APP扫码购书

用淘宝APP扫码购书

序

李玮

无论是网络文学带来的庞大阅读市场和海外传播势能，还是网络文学 IP 转化促发的文化产业全业态勃兴，或是大量新生代的持续涌入、快速发生的升级迭代，都让网络文学的发展未来备受期待——中国网络文学，能否成为如美国好莱坞、日本动漫等在大众文化领域现象级的存在，抑或能否在全民创作和阅读的广泛参与中丰富文学及文学经典的定义？

网络文学发展的体量之大和速度之快，显然溢出了既有的文学视域和学术范畴。关于网络文学的资源与起源、思想性与情感性、文体与元素的衍生、IP 转化的成效与得失、群体性及其接受模式，又或是网络文学与文学、社会、民族想象、大众意识形态的关系，这一切问题在网络文学的快速迭代中，其实并没有得到充分的理性阐释和理解。所以，一方面网络文学占据着广泛的读者市场，并受到年轻人的喜爱；另一方面，又因为超出了既有的文学标准与文学规约，引发诸多忧虑。在有关网络文学讨论的现场，我们看到，冲突和交锋时有发生，并且很多时候是因隔膜所致。

这便是这本与网络文学作家“对话”的由来。

“对话”带着对网络文学发生和发展的问题，对网络文学各类型、各阶段的重要作家进行访谈。不同于“包装式”访谈，或是个人创作故事讲述，本访谈执着于网络文学发生、发展的历史细节，尤其关注创作本身，包括创作的动机、创作的传承、创作的得失，在文本细读中讨论元素、人设、情节、世界观或是现实性、类型化等问题，以及作者由此生发的对网络文学“如鱼饮水”的体悟和理解。

显然，这是一种带有“学院风”的访谈，从作家角度展开调研、记录历史现场，达到提供网络文学研究参考的目的。每次访谈前我们都会准备一份访谈提纲，围绕创作历程、作品细节、网络文学历史设计相关问题，有时问题多达几十个。虽在意料之中却还是令人高兴的是，这些被称为“大神”的网络文学作者的热情参与，让我们看到他们对创作认真、执着并坚持创新的态度，对网络文学、文学、文化发展的深入理解，对时代问题的真诚关切……

这些网络文学作家就是网络文学迭代的参与者和见证者，他们道出了网络文学内部的创新和反思动力。比如“类型文”

开创的代表性作家之一——跳舞，讲述了网络文学从“小白文”到重世界观设定、重群像、重复杂关系的“大类型文”的转变。在 2018 年前后，网络文学经历着又一次更迭。黑山老鬼讲述了《诡秘之主》所开创的网络文学新风，以及自己在此基础上的求新努力。

在静态的网络文学地图上，似乎是这些作家引领网络文学的走向，但在他们口中，我们听到了来自读者的创新动力。大家都知道网络文学尊重读者，网络文学会认真汲取读者的感受和意见。有时，我们会想当然地认为这是在“迎合市场”。但当我们通过访谈，感受到这或显明或潜在的“互动”，似乎便不能把读者简单地理解为消费者，读者比消费者更具芜杂、喧嚣，或者说多元的特征。读者和作者之间潜在流动着的创新的动力和“压力”，有着“共生性创造”的意味。

除了宏观历程，访谈也呈现作品创造的“细节”。诸如言归正传的“稳健流”来自游戏电竞中的“梗”；爆款剧《锦衣之下》的原著作者蓝色狮写作时就追求的“画面感”；骁骑校以硬汉为主角的《橙红年代》的标题来自张爱玲的小说；会说话的肘子的《夜的命名术》中出现的“李叔同”就是在向李叔同致敬；沉筱之的《青云台》的成型受到《切尔诺贝利》这部美剧的触动；一部手机开创了雨魔与“御兽文”之间的因缘；卓牧闲写作《韩警官》的起源来自对身边警察好友积劳成疾而牺牲却被说风凉话的义愤……

也许就在这样的“对话”中，网络文学才能呈现一种生动的“生长进行时”。法国哲学家德勒兹曾如此比喻：“在一条路上重要的，在一条线上重要的，总是中间，而不是开始和终点。”较之对网络文学的定性和定义，或是预测网络文学的终点与结局，也许更重要的是看到网络文学仍在多元化、“进行时”地生成和创造。

“对话”一面记录下网络文学各个创造性的起点，另一面也表现网络文学的某种“严肃性”——对于现实的多元面向、对于历史复杂性的探究、对传统文化的创造性转化、对于人工智能和人类未来的思考。

徐州城乡接合部“喷油漆”的味道，就是骁骑校作品真切的现实性。“出了小区，北面有一条河，过了这条河就是另一个世界——城乡接合部。原来的农村人把房子出租给外来的人员，那一条街上只有两种门面，一种是做防盗门的，整天响着电锯的声音、弥漫着喷油漆的味道，很多金属摆在门面附近。”《匹夫的逆袭》的原型就来自此地，从中国乡村与城市的夹缝中长出。作为“大女主文”的代表，天下归元指陈性别文化的时代变动是作品的现实依据，“现在女性的经济地位和社会地位也发生了很大变化，我身边的很多女性都十分优秀。女性读者也不再满足于看‘傻白甜’，现在许多女频作家都不满足于写女性被照顾、被宠爱，而选择将女性从从属地位中解脱出来，通过各种方式去展现自己的光辉”。无独有偶，蒋胜男的现实感亦真切而热烈：“如果一个女子，父母辛辛苦苦培养到了大学，然后她只想嫁人，做贤妻良母，放弃受教育机会和社会上的职位，这于个人选择本身当然无可厚非，但这会让周边的人觉得女性的很多资源是没有必要的。这样一种行为的发生，在某些方面可能就是因为社会上没有足够的、让女性对标的标杆，她被一些对于女性的规训说服了以后，迷失了自己。”对历史中伟大女性的描写，正是希望给生活中的女性“拿到对标”，“从中汲取精神力量去支持自己”。访谈第二年，我们看到蒋胜男在脱口秀大会上延伸了这个观点，并获得了应得的满堂掌声。

在历史文的书写过程中，南方赤火秉承着“做学术时寻找参考文献的方法”，“就像‘滚雪球’一样，能够建立起一个随取随用的资料库，有一个专门的笔记本用来承载它”。虽然经济学的学习经历能够帮助南方赤火构思故事，在整体情节上“导引了大致方向，比如让我知道什么样的情节不可能发生、什么样的情节在经济学规律下会出现哪些走向”，但还是会“专门寻找当时的经济史资料用作参考”。此外，对于历史场景的构建与历史细节的考究让她“广泛地阅读该时期的文学作品”，例如写《女商》时会参考“《清稗类钞》等讲述清末轶事、描述当时社会状态的笔记小说”。被称为近年来最杰出的历史文作者，七月新番为了写作《汉阙》跑去西北考察，“原本定的路线是到了敦煌以后，从青海那边绕行西宁，只因为我想看看西域，就临时改了计划，从敦煌出玉门关往吐鲁番走，去看了交河古城，在沙漠边缘绕了一大圈，又去看了巍峨的雪山。这些经历最后都成了小说里主角的行程。”大量研读有关云梦秦简的研究资料，“虽然确实枯燥难嚼，但里面涉及了秦朝的律令，包括兵役徭役、户口甚至奴隶买卖。依靠这些事无巨细的记录，才构建起一个尽量贴近秦朝的故事背景。”于是，“长城、边关烽燧、玉门关阳关旧址”里的简牍都成为七月新番了解戍边士兵的读物。

在网络文学中发掘传统文化曾被认为是“缘木求鱼”，但事实上，我们的网络文学作者正在做出这样的努力。意千重写作《画春光》时“首先是去了很多博物馆，做了大量调研”。

言归正传则有着整体重写“中国神话”的打算，“《我师兄实在太稳健了》写的是‘封神’，后期本来是想展开写‘西游’的，但是我想我的最后一部仙侠作品会给‘西游’。我的规划是，先写‘封神’，现在写的是先秦神话——取材大多来自《天问》《九歌》，等下一部的话就朝着‘西游’发展下去，按照自己的规划慢慢深入。”大量中国神话的元素在网络文学作者的有意使用中进入架空世界的肌理，并成为最具趣味性的一种“弘扬”。

如何想象人类变动不居的未来，网络文学作者亦有深入思考，会说话的肘子谈道：“其实《夜的命名术》就是想探讨《第一序列》中还没有探讨结束的问题，即对待人工智能的态度，《第一序列》的尾声探讨的就是关于科学伦理的问题。现存的科学技术无法完成对一个人工智能的底层设计，让它变得和阿西莫夫说的那样只服务于人类，不伤害人类。无数科学家从实际层面上证明了人类目前是做不到的，我们该如何同人工智能相处……”继武侠、仙侠之后，科幻将会成为“必然兴起的一个品类”，“转入更有代入感的世界背景”，想象“核冬天”到来后人类将经历怎样的世界，人类的情感又何去何从，诸此种种的命题在网络文学作者的笔下连缀成片。

在商业平台的数据汪洋上，在大众文化的粗粝外表下，网络文学作家关于现实、历史、文化或未来的这些情怀和思考，也许并不显明，但悄悄地“在场”。不板着说教的面孔，不露出刻意的痕迹，也并无对象性传达的意味，而是以共同体的姿态，以网络文学的“思想性”打破了精英与大众之间的区隔。

技术化的媒介和商业性的平台并不能决定网络文学的性质，和读者之间的紧密关系或是对于流行元素的大量汲取，也不应该成为诟病网络文学的理由。在访谈过程中，我时常感慨，网络文学作家也许并不是缺少文学素养或思想能力，多元的社会经历和专业背景让他们更具备拓展文学经验的优势，当他们着意让更广泛的社会群体一起参与想象与思考时，加入流行元素或是采用通俗形式，是否能让文学更有活力？

目录

在文学与市场之间：天下归元访谈

/天下归元　李玮…………………………1

Herstory：蒋胜男访谈/蒋胜男　李玮　…13

“自己的节奏”：蓝色狮访谈

/蓝色狮　朱怡淼　李玮　曹李馨…………36

“最现实”的骁骑校/骁骑校　李玮……50

网络文学新浪潮——会说话的肘子访谈

/会说话的肘子　李玮　管文颖……………69

想象空间的开创：一部个人化的网络文学发展史——跳舞访谈

/跳舞　李玮　管文颖　邢晨………………83

让“烧脑”和“言情”丝丝相扣

——沉筱之访谈/沉筱之　邢晨　李玮……110

探索中国动物幻想 IP 生成的可能性
——雨魔访谈／雨魔　李玮　沃熠娴…… 133
网络文学：引领大众阅读想象力的风帆
——黑山老鬼访谈
／黑山老鬼　李玮　蒋天昊……………………149
如何创作精品现实题材网络文学？——卓牧闲访谈
／卓牧闲　李玮　钱羽洁…………………… 161
人民史观与“清穿文”——南方赤火访谈
／南方赤火　邢晨　李玮…………………… 169
爆火的“稳健流”是怎么发生的？——言归正传访谈
／言归正传　李玮　沈志宽………………… 198
依心而行　描尽繁花——寂月皎皎访谈
／寂月皎皎　李玮　朱怡淼………………… 209
根植中华传统文化的“好故事”——意千重访谈
／意千重　李玮　纪淑龄…………………… 218
拓展网络历史文写作的限度——七月新番访谈
／七月新番　王献素　李玮………………… 235
代后记／邢晨　………………………………… 247

在文学与市场之间：天下归元访谈

天下归元　李玮

引言

网络文学发展走向如何？完全成为商业流水线的文化产品？抑或创造力的生长点？它究竟是快餐文化的一次性消费品，还是一种丰富文学经典的可能性？这些问题成为网络文学发展的关键性问题，每一个关注网络文学的研究者都试图寻找答案。要回答这些问题，仅仅着眼于网络文学的宏观数据、一时的热点或是仅仅分析文本，都是不够的。网络文学是一种新兴的文学形式，它与依托纸质传媒的文学作品的区别不仅表现在传播媒介上，也表现在文学观、创作模式和价值追求上。反思既有的文学标准，将网络文学的出现视作丰富文学性的一个契机，是尊重和理解网络文学这一新兴文学现象的前提。所以，从表层分析，走向深层对话，是有效阐释网络文学发展问题的重要路径。这是访谈网络文学作家的缘起。

天下归元是网络文学作家中的“大神”，从开始的《燕倾天下》《帝凰》，到《扶摇皇后》《凰权》，近期的《天定风华》系列作品，网络点击量、出版销量以及影视改编都十分出色，是网络文学商业性的典范。以文学标准来看，她的作品架构宏大、描摹细腻，对人性、人事的理解独到。特别是，天下归元的作品改变了“争宠”“以女虐男”或是“纯情叙事”的模式，凸显女性主体意识和权利意识，在活泼晓畅的叙事中潜藏“女权”的思想性。她的创作似乎在表明，许多网络文学在以“迎合”为特征参与某种意识形态的变动，以“大众化”的面貌实现一种“化大众”的功能，以“白日梦”为表象表达着某种“现实性”。2020年初冬的一个下午，我带着有关网络文学创作和发展的问题，与天下归元进行了对话。

李玮：归元好！众所周知，您是女频网络文学作家。如许多女频网络文学一样，您的作品大多围绕爱情和权谋两条主线展开，但读者又能感受到您的创作对爱情和权谋的处理方式与其他作家有所不同。您能谈一谈在作品中是怎么处理这两条线索的吗？

天下归元：在我的作品中，爱情和权谋很少出现激烈的冲突。很多作者喜欢将爱情置放在权谋的对立面，更多的是为了营造矛盾和冲突，来增加文本的可读性。但在我看来，这两者本就不是相互抵触的，我的男女主虽然各有目的，有时候也会产生矛盾，但矛盾和误会，都可以通过沟通，或者说智慧化解。我的作品中很少出现明明一句话就能澄清的误会，却自始至终解不开、为虐而虐的情况。设定为智慧强大的男女主，既然诸事通透，那么没有道理在爱情方面就变得愚蠢固执、不知变通和沟通。这种想法源于我对人与人之间的关系有着平等理性的期待。了解、理解、信任是人际交往中最基本的东西。不偏执、不冲动是成功人士的基本素质，做不到，就偏离了强大人设。

李玮：信任是一种能力，信任别人也是信任自己，在您的作品中，女主的心理往往非常强大。

天下归元：是的。坦白说，虽然各个作品的人物设定有所不同，身份不同，性格也有所差异，但我笔下的女主都具有冷静、机智、强势的心理特征。我不擅长写柔弱的、依赖性强的女性心理。

李玮：您对“女强”的这种理解，或者说期待，是不是和您在现实生活中的感受有某种关系？

天下归元：现在女性的经济地位和社会地位也发生了很大变化，我身边的很多女性都十分优秀。女性读者也不再满足于看“傻白甜”，现在许多女频作家都不满足于写女性被照顾、被宠爱，而选择将女性从从属地位中解脱出来，通过各种方式去展现自己的光辉，这也是符合当前实际情况的。

李玮：那您怎么处理女主自我发展和爱情，或者说和男主的关系呢？这里面会不会有矛盾？

天下归元：矛盾当然会有，就像我们在现实生活中看到的一样，哪怕是现实社会，对女性的约束依旧存在。但我偏重写男方女方的相互成全。不可调和时，我会让男方退一步，退一步是男方应有的气度和胸怀。也可以选择以别的智慧的方式来处理，毕竟那是我自己构建的架空的社会，可以成为梦想的乌托邦，让现实中碰壁的读者在其中获得精神满足。

李玮：我们原来会认为男子气概表现为一种进取和强势，而您把“退一步”作为男性的设定，这让我们不由自主地联想到了一种思想的转型。您的作品以结构宏大、视野开阔见长，这在女频作家中比较罕见。您能谈一谈您是怎样构思、驾驭宏大的结构吗？

天下归元：我擅长写长篇。我的作品有长有短，但在当时的网络文学中算长的，比如《燕倾天下》大约60万字。所谓的结构宏大、视野开阔，其实就是我没有选择女性作家比较喜欢的、背景相对紧凑的小言格局，多以家国为背景，地域广阔、政权林立、人物复杂众多，主打权谋，很容易营造出气魄感。我喜欢把人物放在不同的环境和矛盾中，让他们经历挑战和克服困难，以此来展现个人的魅力光彩。不过，虽然背景看起来大，空间设置也多，但我和许多男性作家不同，我不太写家国冲突，我更注重写一个小人物如何历练、成长。你可以把它称为“养成文”，小人物的成长就成为联结结构的主线。人物的成长历程本身是一个完整顺畅的过程，必须自己本身能清楚把握，写清楚了，也就驾驭住了。所以我很少写一开始就强大的人物，那会失去很多期待和写作的空间。

李玮：也就是说虽然您的架构宏大，但着眼点仍然是小人物的成长。我们一般会认为网络文学更喜欢写“大人物”，比如现在的“马甲文”，主人公从一开始就集权势、财富、异能或美貌于一身。您为什么看重小人物？

天下归元：这世上绝大多数的成功人士都是从小人物开始的，成长本就是一个富于变化和哲学的命题。古往今来，很多名篇和优秀的影视作品，主题都是小人物的成长和奋斗。正如歌德所说，流水在碰到底处时才会释放活力。这个步步崛起的过程本身就很有代入感和正能量。成长的过程中会产生很多新的探索、新的思考、新的碰撞，也有利于文本的情节设置。网络文学喜欢写大人物，但绝大多数依旧是从小人物，甚至是比一般人更不如的小人物开始写起，比如曾经非常盛行的“废柴流”。一开始就“酷炫狂霸拽”的写法，则走的是另外一种刺激读者感官的道路，两者各有市场。

李玮：您对小人物的重视是否有来自生活中的某些触动？

天下归元：我个人认为，作者大多数的写作表达，都来自生活中的感触和思考，只是有时候自己也未必能察觉。赛涅卡说，真正的人生，只有在经过艰苦卓绝的斗争之后才能实现。人在成长过程中的心态和因为境遇变化而产生的迷茫、选择和性格变化，本身就是一件非常有意思的事。

李玮： 我也注意到您很执着于写人物的成长，在最初的作品《燕倾天下》中，您对怀素心理和性格的变化有非常细致和纵深化的描写。这样的写作方式是不是在商业上会不太讨好？据我所知，网络文学读者会喜欢快节奏、情节化的作品。稍稍场景化、叙事时间缓慢、注意心理纵深的作品容易“扑街”？

天下归元： 《燕倾天下》是我花了很多心血的作品，但市场效果确实不好。这个我在写第二本《帝凰》的时候也谈到过。我说过，“我的文，先期以埋线索为主，总领全文走向，情节要到20万字以后才会明显铺展开来，在中后段，才能有更多角度的领略。我不愿以粗糙的快进度、感官的迅猛刺激，去磨损小说力求达到的逻辑伏笔和细腻精致的意境。这样的风格，自然需要我付出更多，而这样的付出，建立在读者的耐心和支持的基础之上。”网络文学作者很多时候会受到读者的影响，我是比较倔强的作者了，但后期每一本都在做调试，我的目标是在保持一定水准的基础上实现个人喜好和读者口味之间的基本平衡，每一本都做一点努力，慢慢地，让我自己不必太屈服于市场，也让读者渐渐适应我的这种风格。

李玮：《帝凰》是一个复仇故事，开场仇怨的设置十分惊艳，各种线索的关联和呈现也让这部作品显现出很好的悬疑风格，不过，后期小说的走向为什么改变了暗黑复仇的设定呢？

天下归元：网络文学写作不是封闭的，而是不断与读者互动的过程，其间读者的反馈不可避免地会对作者造成一定影响。我也曾设想把《帝凰》写成一个震撼性的悲剧，但是到了后期，一部分原因是考虑到整个故事太过阴暗，影响市场的同时也让人不适；另一个原因是我自己心软了，不忍心虐自己的读者。我为我放弃想了很久的设定而扼腕，但是要说多后悔，也是没有的。每个故事都有它既定的命运，《帝凰》这样也很好。

李玮：从《帝凰》到《扶摇》似乎是一个转折，孟扶摇不再像秦长歌那样沉重、黑暗，您的知名度也显著提升。《扶摇》的创作方式得到读者的广泛认可，这对您之后的创作思路会不会有影响？您能谈一谈《扶摇》的创作心得吗？

天下归元：要说有很大影响，倒也不至于，因为紧接着《扶摇》的《凰权》，就又转回了沉重复杂的风格。但是写完《凰权》后，《天定风华》系列的总体风格就向《扶摇》靠拢，一方面是因为《扶摇》的成功，一方面是因为我自己也比较喜欢这样的风格，写起来心情似乎都明朗了一点。

《扶摇》那时候，其实就是因为《燕倾天下》“扑街”，《帝凰》也谈不上多成功，想出版四处碰壁，有口碑没市场，于是我便放开了，不再拘泥于太多雕琢以便匹配出版，选择了天马行空、自如挥洒，因此人物性格、文字风格、故事架构，都呈现出了一种浪漫的气质。我在2012年中国作协第一次网络文学研讨会上说，“《扶摇》是第一本我放弃出版执念，直接将目光定位在纯网络文学基准上的书，从设定、架构，到语言、思路，都是完全网络化的。在坚持写作个人原则和迎合读者口味之间，寻求了一个基本的平衡。这本书最初的架构灵感来自当时比较风靡的玄幻小说，玄幻步步升级的设定，很容易引起读者的追逐兴趣，但还没有出现一本完整意义上的女性玄幻。我对此做过分析，发现玄幻这种题材，它没有多少情感因素，而对于女性网络文学读者来说，没有爱情的一本书就不能看。所以我想，写一本玄幻构架、言情实质的书，取两者之长，弃两者之短，取玄幻步步生莲的热血奋进，弃言情你侬我侬的反复纠缠。于是有了这本书，《扶摇》，取‘抟扶摇而上者九万里’之意。”

李玮：一部成功作品有时也有副作用，那就是使作家之后的创作产生“影响的焦虑”。但《扶摇》之后的《凰权》，您似乎又做了一些新的尝试，比如我注意到《扶摇》中孟扶摇的晋级之路上男主还是起到了关键性的作用，各个男配也功劳不小。但《凰权》中，男主宁弈经常是凤知微复国之路上最大的威胁和阻碍，您能谈一谈《凰权》这样构思的缘由吗？

天下归元：就是看很多人吐槽说，女强文结果还是以女性征服男性、靠男性拯救、靠俘虏男性的爱和支持来争权夺利，来诠释女强，骨子里还是弱的、依赖的。那我就要写完全靠自己不靠男人的，用事实来证明女人可以和男人一般成就，分庭抗礼、你来我往，无论从心智还是成就上，都不遑多让。

这些作品中，我最满意的是《凰权》，大概就是相对来说故事最严谨，文笔最精美讲究，最具出版气质。文字、格局、权谋、情节递进、人物设定，乃至篇幅等方面都还不错，也是各方面最平衡的。《扶摇》我也是很看重、很喜欢的，毕竟是真正的成名作，但某方面做得比《凰权》出色，某方面又不如《凰权》。所以说《凰权》未必最好，大概综合评分会比较高。

李玮：《凰权》后，您开始创作《天定风华》系列，四部作品相互关联，但各有千秋。在《天定风华》中我们似乎看见您在找到一种得心应手的“模式”的基础上，进行了风格多样化的探索。在创作这几部作品时，您会有“同质化”的担心吗？

天下归元：其实每个人写书都会有自己的语言组织风格和习惯性的表述方式，以及近似的个人三观情感内核，这本身对于长期阅读某位作者的读者来说，就会形成某种熟悉感，会有一种“同质化”的错觉。就好比《天定风华》系列，终究都是女强，都突出女性的自立、自我、自尊、自强，以及爱情的专一和不依赖。但其实这不是同质化，在这个基础上，我有重视文风的细微改变，性格以及能力的明显区分，主配角设定和关系的类型区别，乃至主题主线的区别等等，尽我最大的能力去写不同的故事。比如《千金笑》，主线是削藩，藩王对抗皇室，《凤倾天阑》则是和皇权的斗争以及保家卫国，《女帝本色》说的是多民族统一，《山河盛宴》则写的是朝廷和腐朽的世家门阀的斗争，国家政权的大一统。四本书的女主，或者老实或者强硬或者浪漫活泼或者面甜心苦，文风也配合主角性格做了调整。其中《女帝本色》写得活泼一些，感情却虐恋情深，是读者反馈最好的。《山河盛宴》感情最甜，配角却苦情。《凤倾天阑》走爽文路线，《千金笑》走热血风。《天定风华》系列中，我觉得比较好的是《凤倾天阑》。当然读者的看法和我未必一样，如果读者觉得依旧同质化，那大概是我笔力不够的缘故。

李玮：《天定风华》系列之后，您的创作打算是什么？

天下归元：目前还有一本签了合同的书，大概还是古代权谋类的吧。会有一些小小的颠覆，风格依旧轻松又沉重。轻松的是语言和某些情节，沉重的是其间的思考和挣扎。再往后……一般我不会有太远的计划，也绝不会同时更新两本，只会尽全力写好当前的每一本。

李玮：许多成功作家都有“作家的书目”，您能谈一谈您的阅读，特别是对您的创作有影响的书籍吗？

天下归元：我的阅读其实很杂，也很早，从幼儿园就开始了。可能是性格原因，我一直不太喜欢外国文学的叙事风格，所以我的书单都是古代经典和现当代文学。我尤其喜欢现当代很多女作家的作品，比如王安忆、池莉、迟子建、须一瓜、铁凝、霍达，年轻一代的乔叶、滕肖澜。须一瓜的《太阳黑子》和池莉的《生活秀》我都很喜欢。历史类书籍也是必须要读的，《万历十五年》《明朝三百年》等，要说具体哪本书对我有影响，我觉得文学的影响是一个厚积薄发的过程，每本书都有收获，每本书都有影响。

李玮：网络文学是依托商业机构发展起来的文学形式，许多人会质疑追求商业性的网络文学是否能兼顾文学性，或者说思想性。我想知道您在创作时，对于商业性和文学性之间的关系是怎么想的？

天下归元：网络文学其实只是载体和表达方式与传统文学有区别，但这并不影响灌注情怀和精神内核，完全可以寓教于乐。就像我以前写文章所说的，浅写作未必浅人生，故事自有内核；戏说未必戏人性，相反更加鲜活。当然，这还是考验作者的阅历、笔力、文化水准和思想深度的。

我一直在努力寻求一种平衡，艺术与商业共存，趣味和严肃同在。我相信许多网络文学作家都有这样的想法，并为之努力。

李玮：这些年商业机构对网络文学越来越重视，作家会有许多签约或是各种IP（知识产权）运作的机会，您觉得这对网络文学创作有什么影响？

天下归元：会有一部分人在写作的时候投影视所好吧，也会有一部分人跟风热门题材。但是这也可以理解，毕竟酒香还怕巷子深，在没有十足把握凭个性写作能成功的前提下，先获得一定关注和流量情有可原。而且从另一个方面来说，影视化会给作者提供更丰厚的报酬，从而转化为优越的写作条件，提供更广阔的前景，开拓视野，增广见闻。但是于我来说，我始终认为，写出好作品是关键。毕竟酒足够醇厚，迟早有人闻香而来。任何事都有其利弊得失，能把持本心最重要。

本文首发于《青春》杂志 2021 年 8 月刊。

Herstory：蒋胜男访谈

蒋胜男　李玮

引言

蒋胜男是网络文学“元老级”人物。她著有多部长篇历史网络小说，如《芈月传》《燕云台》《凤霸九天》《铁血胭脂》《紫宸》等，其中，《芈月传》《燕云台》均已被改编成影视剧，《芈月传》由孙俪、黄轩主演，《燕云台》由唐嫣、窦骁主演，受到广大观众喜爱，收视喜人。《芈月传》更是被译为泰文，走出国门，在海外市场取得了成功。蒋胜男擅长将家国权斗线和男女情感线结合，讲述荡气回肠的历史故事。权力斗争波谲云诡，未曾黯淡“欢乐趣、离别苦”；历史风云波澜壮阔，“就中更有痴儿女”。在她的历史故事中，具有家国视野的女性是当之无愧的主角。不过，更重要的是，相较于男性言说的历史，她的系列创作赋予历史以多重空间“对话”的新结构。这种叙事变化，并没有抹杀历史的厚重感，反而为历史做出了吐故纳新的解释。在女性视角下，她的小说不仅展露出一种民族融合、和谐共生的共同体思想，也呈现出独特的家国性和历史观。蒋胜男似乎在用自己独特的言说方式表明，历史不仅是“History”，也可以是“Herstory”。“Herstory”，是蒋胜男的故事，也是蒋胜男创造的“新历史”。

李玮：胜男好！我注意到您早在1999年就开始网络文学写作，算是网络文学的“元老”了。就当时而言，传统文学是主流，网络文学很少有现在的“资本”，没有“点击量”，也不会“封神”，那么您为什么没有走传统文学发表或出版的路，而是先去“清韵书院”“榕树下”连载作品呢？您能讲一讲您当时的想法吗？

蒋胜男：其实我是1997年开始写的，那时候还是手写，后来才买了电脑，1999年我把文字输进电脑里，传到网上。那个时候，温州没有出版社，也没有杂志社。我工作以后一开始是写一些诗词散文，后面就想写小说。因为我们在青少年时代读的是武侠，第一个小说我就想写武侠小说。一开始创作根本不会想那么多的，只是纯粹出于喜欢，就是想写。虽然也听说有文学爱好者会一个个去投稿或者是用别的方式，但我也不知道当时哪个出版社或者杂志社会收武侠文稿。后来刚好我的老师给我提供了一个路子，当时他是写辞赋的，他最早和我说，“清韵书院”好像有个小说版面，里面有武侠版，上面也贴了一些跟你类似的这种武侠小说，你就去贴吧。他给了我一个网址，然后我就开始把稿子往上贴。所以你看一开始我也不知道给自己起个ID，直接就把自己的名字给标注上去了，到现在一直沿用。等你发完一整个长篇以后再改名字，就觉得来不及了。很多人都认为这是个笔名，我也将错就错了，确实挺像个笔名的。有人说蒋胜男老师你为什么取这个笔名啊，我说我喜欢《云海玉弓缘》，然后我又姓蒋，他们就当真了。

李玮：您这个回答描述了网络文学发展中的一个重要现象。现在关于网络文学有多种“源头说”，有人说是在北美起步，有人说是从《风姿物语》源起。您的描述展现了网络文学的“本土自发起源性”，就是像您这批作者，实际上是由于纸媒文学，或者说传统文学空间的局限，创造力和想象力无处安放，才在网络上得以爆发。您的创作历程给了我们很大启发。

蒋胜男：其实网络文学的很多类型不完全是创新，只是有了个合适的载体，有许多传统就续上了。一直以来我都说，什么叫“网络文学”和“传统文学”，“网络文学”才是“传统文学”。因为明清小说、民国小说，以及很多其他小说类别，1949年后都没有了。载体没有了，但是受众还在。那么有了网络之后，我们就看得出，武侠、玄幻甚至鸳鸯蝴蝶派的小说，首先恢复了。像我们这批人写的时候，也不知道北美谁在写，中国台湾谁在写。我的感受是载体的这个时间到了，原来的那个文学传统重新续上了。

李玮：今天回过头去看您创作的《凤霸九天》，我也觉得它是一篇非常好的历史文，虽然这是一部2002年开始创作的作品。记得21世纪开始，很多人写的历史文和您完全不一样。他们大多是用第一人称，更多地注重内心情感，讲怎么样和男主互动，但是您的历史文早在2002年开始创作的时候就有一种厚重的家国感。您能谈谈您当时是怎么想起写这样一个故事的吗？

蒋胜男：我最早的时候，小学或者初中，是看传统的历史小说的，可能当时最流行的小说也就是这些。温州不像“北上广”一线大城市，我们小时候能接触到的就是这些。我觉得奠定我基础的更多的也是少年时期的这种阅读。我看传奇演义更多一点，像早年国内那些特别传统、正统的演义小说，比如姚雪垠的《李自成》、聂云岚的《玉娇龙》、高阳写的胡雪岩系列等等。因为我一开始接受的就是这种，所以我也特别想写这种状态的小说。但是一开始我不敢写，因为觉得它特别难写，不知道我能不能写。然后受到金庸《射雕英雄传》的影响，在这种我觉得写历史特别难的一个状态下，先开始写武侠练笔。直到我能够写出好几本武侠小说乃至出版并有了读者反响以后，觉得自己能写历史小说了，才试着去写。

至于为什么是刘娥？之前我和人聊过“假如有穿越的话，你最希望在哪个时代”这种问题，我就觉得我除了现代外，喜欢宋代。因为宋代的市民文化非常兴盛。另外一个原因就是宋代对于士大夫、文人来说，是特别宽容的。这样一个从来都宽待文官、尊重言官的时代，我特别喜欢。而且写宋代的小说也特别少，我就看到一个《金瓯缺》写北宋末年的，那么我就想写一个北宋初年或者中期的故事。

然后就要找一些切入点。我比较擅长写女性角色，所以把切入点定位为女性。另外，我觉得切入点就是要找一个大家都知道的人物，如果你写一个大家都不知道的人物，可能要用很长的时间去科普这个人物到底是怎么一回事。小时候我们都听过“狸猫换太子”的故事，所以刘娥也算得上大家都知道的人物。而且等到我自己真正接触史料以后，发现历史跟我们想象中完全不一样，我就觉得应该写一个这样的故事。这一点有受二月河的《雍正皇帝》启发。以前大家想起雍正皇帝，就是弄“血滴子”，是一个阴险狠毒的人，但是二月河用很多史料去把一段真实的历史提供出来，那就显得很有说服力，也特别好看。

所以第一是我想写宋朝，第二是我想写女性，第三是我想写一个人人都知道，但是大家都存在盲点的人物，可以说是有这么一个破除大家盲点的出发点。我想如果我有这么一个故事，会比写其他人物让人更有印象。基本上就是基于这几点去写作。

李玮：写《凤霸九天》的时候，读者有没有和您互动？

蒋胜男：有啊，连载过程中很多人一直都在跟我互动，现在回想起来我当时也是挺紧张的。我最近又把《凤霸九天》这一部重写了，原来是两卷本，现在是四卷本，几乎是全面重写，改名叫《天圣令》。电子书已经出来了，纸质书也快了。现在回想起来，这是我写作上一个特别大的转变。原来我写的女主角就是女主角一条线，顺着自己的思路写下去，在某些方面其实是一种挺自恋的写法。一部分女性作者或者新作者、文艺一点的作者，都容易“自恋”，把“我”的世界当成世界的中心。

写《凤霸九天》的时候，我觉得我要照传统的那种历史写法，必须要写一个历史群像，写很多的男人戏，尤其是那些有心计的、有阅历的帝王将相，写他们政治上的心理、行为。我当时去尝试的时候就觉得特别难，而且写得很慢，很煎熬，但现在回过头来看，这些都对我后面的写作产生了很大的影响，让我学会了写群像，也学会了用“他”视角，不是用“我”视角。

原先在生活上碰到一些不公平的事情，我会觉得不可理喻。但是写完这个之后，我会去用“他”视角看这个世界，会发现别人为什么这么看。实际上不是说他是个坏人，或者说他要对你做坏事，只是他站在了一个于他有利的角度，用他自己的眼光、阅历去判断，比较自私地做出了一些事情。这也影响到我后面写历史的时候，不再持一个自恋的角度。

比如说我们以前写历史的时候经常会出现忠奸对立，你跟忠臣不站在一边你就是奸臣，你跟主角不站在一个立场，你不是蠢就是坏。实际上国与国之间、君臣之间，都有不同的视角。他是你的敌人，但是在某些方面，他是站在自己的利益方面的。我们理解这些以后，写作的历史观就会发生变化。

如果我们还是沿着小时候看的那些历史小说，包括一些杰作，那条路走下去，不断地重复他人，那么我们新生代很难走出一条新的路子。过去总是写君臣之斗、忠奸之斗、改革和保守派的斗争（改革和保守在当年还是一个新类别），那跟整个社会要走向改革的时代风貌割裂了。但其实这几十年，我们这一代成长的时候，看到的是一个不同的时代，一个互联网的时代，看到的是地球村，是不同的国家、政权，不同的视野。不管是忠奸斗、君臣斗，还是改革和保守的斗争，其实都是一个皇宫、一个大殿、一个屋子里的事。我更希望看到的是，在不同的视野里发生的事。

后来我写宋辽夏，就跟《凤霸九天》不一样。我用辽的眼光看辽，用宋的眼光看宋。我们转换视角以后才会发现，我们只在我们自己的视角里，那“他”为什么做这个事情你是不能理解的。站在他那个方向，他要做的事情是完完全全为了自己的意识形态、群体利益和政权服务的，而不会站在你的视角上替你去理解的。那么只有站在多元的视角上，你才能理解这个世界，才能跟这个世界沟通。

当社会文化整体偏低的时候，我要讲一个故事，一定会告诉你，谁是好人谁是坏人。处在这个大众文化水平有所提高的时代，要告诉你的就不再是1+1=2，可能是一个方程式，是X+Y的问题。X、Y没有对错之分，只是一个求解式。求解式不是要解决给我们制造问题的人，而是要和那个给我们制造问题的人坐在一起，共同把问题解决掉。我希望大家看到我的故事后能够从多元的角度去看待世界，看待他人，能跟那个给我们制造问题的人坐下来，一起把问题解决掉，而不是说一定要把给我们制造问题的人解决掉，因为这是解决不掉的。

李玮：这不是一个非此即彼的事情，而是一个结构化的问题。您所提出来的这种世界观、历史观非常先进。现在有学者写元史，从宋开始写到元，也正是从多元文明的角度来写。

蒋胜男：我当时做的时候，第一重理解就是我们不仅仅站在汉文化的立场去看少数民族。我们是一个多民族的国家，也要从多民族的角度去阐述一个历史故事。我写的是历史上一个发生在中国的几个不同民族政权之间的故事，希望大家能够改变观点。

拿宋辽夏一个特别核心的事情“澶渊之盟”来说。过去我们之所以会觉得“澶渊之盟”是丧权辱国的事情，在于我们认为只有我们最大、最强、最正确。但实际上，你看宋辽双方当时为了解决这个问题打了多少仗，然后发现我没有办法彻底把你解决，你也没有办法把我解决掉，那我们找一个合适的契机坐下来谈，出发点在于双方都认识到我们不想再打。我们现在说，“哎呀，不该签订澶渊之盟，你看两边的武备都松弛了，最后被金灭掉了”，但那是120年以后的事，谁能够预计到120年以后的事？当时他们解决了方向的问题，把之前100多年的问题解决了，而且给了这个世界100多年的和平，结束了之前100多年的战争。如果不签订澶渊之盟的话，除了意淫一下能不能打败辽，事实上更多的可能是宋代根本没有现在的几百年，可能变成五代十国的第六代，传到真宗就结束了，最后辽也不一定能够顺利地传下来，甚至动荡和战乱还有可能继续存在。南北的文化发展、经济民生都会受到很大影响，尤其对于老百姓来说，这是感受最明显的。我写到这样一点，就是真宗第二次北上的时候看到河北一带的农田变成荒地，没有老百姓，因为这是战争区。这是很可怕的。所以我当时写的时候，不仅站在宋的立场，也站在辽的立场，还包括他们没处理好的西夏。最后变成一个状态的话，就是包括每一种不同的世界，每一种不同的对世界的看法。就拿西夏的元昊来说，他不是来解决问题的，是来制造问题的，但是我也要特别清晰、深刻地去刻画一个制造问题的人是怎样想的，怎样才会在整体的局势下，在宋辽两方各种的权谋和小心思下，把一个制造问题的人坐大了的。

我会写得很详细，甚至详细到让看故事的人不舒服，但是如果你看西夏故事的时候不舒服，你就知道对了，你舒服的话就说明问题没解决，你不舒服的话，说明你发现问题在哪里了。

李玮：《铁血胭脂》好像没有完篇？

蒋胜男：还没完篇。我当时就想写西夏，写元昊，写西夏怎么立国的，那实际上是宋辽双方进行一部分博弈的结果。写的时候对元昊的代入感太强，而我的精神能量、文化能量的储备又不足以承载这种极致的裂变，最后是身体健康有了点小问题。因为我不是在轻飘飘地写一个故事，而是真正去代入，去体验历史人物站在历史十字路口面临重大历史时刻的那种感觉。有时候可能“他”有多大的精神压力，我也有多大的精神压力。我当时模拟元昊七娶七杀，他杀每一个人的时候，内心的精神状态都是不一样的。不是重复杀了七次，而是一个一个杀的，这七次都是不一样的，每次都无可回避、无可选择，甚至是以他这样的智慧、能力，都不能解决。我要制造这样的困局，对人的精神是很大的摧残。元昊为什么后期醉生梦死，实际上也是因为他的精神垮塌了。

李玮：从《铁血胭脂》到《芈月传》，历史背景一下子从宋转到了战国，这其中转变的原因是什么，或者说有没有一些特别的想法？

蒋胜男：这其实是一个顺理成章的故事。我当时跟书商说“宋辽夏”，写完“宋”之后问他，他是希望我先写“辽”的，因为“辽”大家都熟知。但是我说从“宋”到“辽”，都是成熟的王朝体系，很难拉开区分度，我必须要把我整个的精神投入到一个新的角度，所以我就写了西夏开国。但是没想到，写到一半我精神垮塌了。我也明白为什么会垮塌，是因为我的知识、精神能量储备不足。所以我就去学历史，重新把中国史读一遍。重读历史的时候我想写一系列的读书笔记和心得跟大家交流，就有了那本《历史的模样》。而且在读的时候，我有一个困惑，就是我们看到的所有版本的历史，都是上一个事件和下一个事件，这一个事件的总结和那一个事件的总结。我就想，这上一个事件是怎么到下一个事件的，一页翻过去，上下两个事件完全脱节，事情好像都没有交代完。他们后面怎么样了？下一个事件是怎么起来的？你只知道陈胜、吴广到了大泽乡，因为秦暴虐？可上一章秦一统天下的时候，你还觉得都是正确的，为什么一下子变得都不正确了呢？就是在这样的一种疑惑下，我到处去找有没有一本书能够解答我的疑问，结果没找到，我就想自己做一本。做完夏商周，做春秋战国的时候，我找了很多资料。我发现春秋战国时期有很多精彩的人物和精彩的事件，而且他们的精神能量跟我们现在完全不一样，他们对事件的看法也和我们完全不一样。他们处在诸侯国的那种完完全全未统一的意识形态下，没有被礼仪纲常规训过的时代，每个人都那么自由，所以我觉得应该写个小说。

当时搜了很多资料。我首先想写管仲和鲍叔牙，想写双主角的。为什么要写双人，就是“我”的视角和“你”的视角是不一样的。在春秋战国时期，管仲和鲍叔牙两个人的人生态度完全不一样，但他们仍然是好朋友。我也想写伍子胥和申包胥。伍子胥要灭楚，申包胥要救楚，我们如果在后世的故事里写，肯定是一好一坏。但实际上在春秋的时候，没有人去否定伍子胥。伍子胥和申包胥两个人都被高度肯定。不管救楚还是灭楚，都不以楚为代表，为中心，不是楚代表正确或者楚代表错误，去维护或者伐灭它的神圣。所以我当时特别想写这两个人物。也想写范蠡、文种、伯嚭、伍子胥这四个人。光是一个伍子胥，我们只能看到忠奸之斗，实际上他们原来一起逃离楚国，有共同的命运，也有共同的理念，甚至可能是共同的伙伴。这四个人高度相似，都是在楚国不得志，来到吴越建功立业的，范蠡先到的是吴国。所以我当时就想写一个叫“四个楚人乱吴越”的故事，四个楚人以吴越为棋盘决胜天下，当时构思了许多。

我比较擅长写女主角，也想过很多女性角色可以写，想过写夏姬，你看夏姬的人生多么精彩。或者息夫人，不过我如果写的话不是从她做息侯夫人的这个角度，而是做楚王夫人的这个角度。因为是从她的子孙开始，楚国开始问鼎霸业，那她对楚国的霸业，有没有独特的贡献呢？我还想过写巴清“礼抗万乘”，也肯定有秦宣太后（芈八子）、楚威后这些人的状态。也想过用男性帝王的视角，比如燕昭王、赵武灵王等。

最后虽然定下来是写秦宣太后，但其实所有的资料都没有白费。比如，我为什么要设置黄歇这个人物呢，实际上我把芈月和他作为伍子胥和申包胥的化身。我把原来这两个人的设想放在：你要救楚，我要灭楚，我们两个政治理念不一样，但我们依然是最好的朋友，我可以为你而死。所以你会发现《芈月传》里最核心的一句话就是：我可以为你而死，但不能为你而活，也绝不可能只为你而活。我们之间的情谊可以让我为了救你去死，但我不可能放弃我自己原来的立场和主张去跟你走。芈月希望黄歇和义渠王按照自己的意愿走，但这两个人都说不。芈月和秦惠文王之间的对抗，也是这样的。所以这不是一个女人和三个男人的故事，而是一个女人成为“王”的故事，是“王”和“王”的故事。三个人都是“王”，不能共存。

我特别喜爱写作，因为它是一个代入式的过程，尤其是写历史作品。有人说写过的所有作品中就数历史小说是最难的，它写起来很难，也需要学习很多。有的作者会沉迷于写同一个时代的故事，开始写这个时代就永远写这个时代，因为比较熟悉。但我觉得进入一个时代，我要感受当时人的思维方式，他们的思维方式是突破以往我们成长过程中所接受的那种思维方式的。所以我当时就写了张仪的一段对话，他说："你知道什么是策士吗，策士没有权力、财富，也没有武力值，手不能挽弓，但是策士可以卷起风云，再平息风云。在卷起风云和平息风云之间，我就可以得到权力、财富，可以驱使武力，兴灭国家。"这种思维只有春秋战国的人才会有，秦一统以后没有一个读书人敢这么想。这种体验感很特别，能让作者觉得可以暂时脱离自己的人生世界，借助古人的灵魂看到一个更广阔的世界，对这个世界可以有更高的看法。

李玮：您是不是有意让《燕云台》和前两部作品《凤霸九天》《铁血胭脂》相呼应，讲述一个大中国的故事呢？

蒋胜男：我希望的是大家能从过去的故事中明白几千年前的人与我们到底有何关系。以史为鉴，可以知得失，知兴替。看过去，是为了更好地理解现在和未来。五千年的历史，给了我们那么多的思维方式，历史上每一个走到十字路口的人的选择都可以给我们以参照。我们过去太容易给人下判断，但哪怕那些被我们认为"错误"的人，实际上也是在给我们探路。在这个十字路口你觉得用了现存的那个人的思维方式是走了正确的路，但下一个十字路口你可能要用上一个十字路口那个失败者的思路去解决问题。我们永远不能用单一的思维方式去解决问题。

前段时间看《觉醒年代》，每到一个十字路口，都有一群时代精英前去探路，最后剩下来的只是那个走对方向的人，但是前面倒下去的那些人，不是“愚蠢”和“错误”，他们只是探路，去“踩雷”了。他们当时为什么“踩雷”，为什么去走这个方向的那种思维方式，依然是值得现在的我们去探索，去学习，甚至是去共情的。因为只有这样，我们才会在下一个路口有更多的思维模式，有更多的概率走对。

《燕云台》中的所有人，包括萧燕燕、韩德让、耶律贤，面对的最大问题就是，站在这个历史的十字路口，要怎么走。阿保机时代进行了一些初步的汉化，但到了他们的时候，套用我们现在的流行语叫作：改革走进深水区，要不要再走下去，还是要倒退回原来。他们和辽穆宗、罨撒葛等所有旧贵族面临的最大分歧就是这个。所以《燕云台》不只是讲爱情、亲情，它讲的是爱情和亲情下面这个大时代的十字路口那一波顶尖的人做出来的思考、选择。

李玮：其实《燕云台》还可以拍得更好。我看了电视剧，也看了原著，相较于别的电视剧，改编得还算忠实于原著，对于改革派和保守派都有所表现。如果一开始就把这个矛盾凸显出来可能会更吸引人，现在的人太没有耐心了，我看了觉得其实还不错。

蒋胜男：现在是一个急速的时代，急需“眼球”的时代。很多观众因为开局一小部分被刻意剪切放大和传播的镜头，错失了看这个故事的机会，挺可惜的。我觉得一部分演员也演得挺好的。一个戏有一个戏的演法，每一个时代都有自己的各种各样的因素，也不能要求每一个电视剧的效果都很好。也有人说我小说改成电视剧没有预期的成效。怎么说呢，它拍成电视剧以后是不受我控制的。你不可能也没有办法要求它完全体现你的想法，但是它至少会增加你的传播度，会让更多的人去看你的小说。如果有更多的人看我的小说，就可能有更多的人读懂小说里的东西，达到情感上的共鸣和思维上的突破。其实这就够了，一个作家想要的就是这些东西。比如说看《芈月传》，很多人习惯的作品就是写大秦一统天下，秦什么都是对的，东方六国什么都是错的。我当时之所以要设计黄歇这个人物，就是想让芈月站在最高端的时候，也依然有一个人站在那里说，这个世界可以有不一样的东西，而且是值得我们捍卫的东西。有些类似王国维自沉太平湖的感觉，哪怕是一个失败的东西，它依然有很多价值。中国文化最重要的一点，也是我们要学历史的原因，就是不能用二元式的方式看世界。历史进程中的每一段文化思想和每一个人的行为都是历史馈赠给我们的珍宝，它给我们多元的思维模式，帮助我们从单向思维的状态走出来。每每在中国最危险的关头，我们都是从祖先的历史经验教训中，获得多元视角，以与时俱进的思维，去看世界，解决问题，在没有路的时刻摸索到路。

李玮：从个人角度来讲，相较于《芈月传》，我更喜欢

《燕云台》。《燕云台》中的历史关怀更加深厚，它不是一个大女主文，而是一个有着历史情怀的作品。

蒋胜男：《燕云台》出来后，很多人会觉得，哎呀，是不是你文笔退步了。《燕云台》的行文方式比起《芈月传》确实变了很多，但我觉得自己在写《燕云台》的时候有了很大的进步，我在我的世界对于政治、历史的理解，对于整个历史观、视角的打破，更进了一层。

文字是用来承载思想的，如果能够承载思想，我们可以不要文字，更不要说文笔了。为什么我要在《芈月传》中写《楚辞》《诗经》的文化氛围感，因为只有在那种氛围感中，你才能够去理解张仪、屈原。文字是有氛围感的，只有在《燕云台》那种完全没有文字修饰的感觉里，你才能够接触到一个草原民族的质感。不知道你有没有去看《芈月传》《燕云台》《铁血胭脂》，包括《天圣令》和《凤霸九天》，你看到的文字质感是完全不一样的。这是我挺得意的一件事，很少有一个作家写一个题材能有一个题材的年代、地域、民族专属的质感。上一部作品和下一部作品，它所呈现的文字质感是不一样的，而且直达我要的那个时代情境，那就能让你更快地去理解当时是怎么回事。辽和战国是完全不一样的，不仅仅是时代不一样而已，不是说我写每一个时代，你看到的都是熟悉的文字感和熟悉的思维模式。刘娥、胭脂、芈月、萧燕燕，她们的思维模式、对世界的看法都是不一样的。不过这样写很耗心血，我可能做完这几个故事再去开辟新的故事就很难。

李玮：很多作者的写作都是同质化的，商业性很强，一样的故事架构，换一个人设，其实说出来的话都差不多，但是像您这样跨年代，进入他们特别的思维方式、语言方式、生活风格，确实很费心力。

您还有一个身份是编剧，那么您在创造的过程中会不会有意地去设计画面感，按照写台本的这种方式来创作呢?

蒋胜男：其实没有特别的，我是有意识回避这种感觉的。但是编剧的这个身份对我的小说创作还是起到了一定的作用，各方面的作用都有一些，整体来说是良性的。

因为在过去的那种小说写作方式上，我会特别地直达目的。但是编剧不能这样，编剧在写剧本的时候必须要让每个角色会说话，你得把很多细节表现出来。比如说这个人可能在小说里头就交代一句，他到了哪里发现了什么事情，读者读了就恍然大悟。但是在剧本里头我必须要把这个情景完完全全地表现出来，所以就要细化细化再细化。虽然我在创作剧本的时候会有很多不耐烦，但是它对我的整个小说写作过程还是有益的。我一直说故事就是承载着人们驰向历史长河的船，小说侧重描绘的是河流，而剧本要详详细细描画这条船。《凤霸九天》结束以后我再写《铁血胭脂》的时候，你就能看得出来，人物对白和细节都进步了，因为我在中间创作了一个电影剧本，所以写作中人物的细腻程度会更好，心理结构会更完整，共情度也更高。写剧本能锻炼共情度，因为你必须要让演员去演出来，每一个人你都不可以敷衍，所以你会写出不一样的群像和不一样的人生来。

为什么金庸的小说会跟同时代的其他武侠小说不一样呢？我觉得这很大程度上得益于他做过电影编剧。作为电影编剧，他必须要让每个人都是活的。很多作家写的人物都是虚化的NPC（非玩家角色），在规定的场景出来做规定的事情，而不是一个活人。但哪怕是戏份很短的一个人物，他也应该有很立体的存在。所以我做编剧的时候，像《芈月传》《燕云台》，包括后面要做的《天圣令》，我会让很多配角有话说，和其他很多编剧做的区分开来。人家很多配角到你这个戏里头，可能跟完了全剧你都没有让他有一个印象点。他可能说了很多台词，但是观众记不住他。像这样的角色，我会给他一分钟或者半分钟，让他把这一生想要说、想要做的那种高光时刻凸显出来，让观众记住这个人。

比如说《燕云台》里那两个太妃，本来就是两个工具人，上上下下，干点坏事，说点小坏话，后来我就让一个太妃在临死之前说了一段忏悔的话，忏悔曾经给人下毒之类的事，那你就会记住这个角色。像韩德让妈妈，其实也是一个非常工具性的角色，但是后来我给她加了一段戏。她说，你看嘛，天塌着塌着也就习惯了，我们刚开始在草原牧羊的时候，也碰到雪灾，也碰到这个东西，大家一下子就把韩妈妈这个草原母亲的角色给记住了。

李玮：除了重改《凤霸九天》，您还有其他的计划吗？

蒋胜男：我在重写《铁血胭脂》。因为我的读者和我说："蒋老师，我是读中学的时候看你的《铁血胭脂》的，现在我读了大学，都工作了，成了孩子妈了，还没看到《铁血胭脂》完结。"我就说，最迟明年一定给你完结掉，所以我在做《铁血胭脂》，在找情感酝酿的那个点。虽然辽和西夏都是少数民族，但是北方草原和西北大漠的感觉还是不一样的。

李玮：您在写女性角色的时候，完全不把她们作为非常感性的、靠容貌取悦于人的人物来写，反而让她们都具备一种非常强大的家国意识。您是不是在她们身上寄托了一种对于理想性、健全性人格的期待呢？

蒋胜男：我看过很多历史作品，发现就像我们写古人觉得古人都只有一种一样，我们对女性或者男性的描述也是不变的，但历史真相其实并不如此。古人的思维方式也可能比我们现在超前得多，像清代的陈端生，她的思维、男女观、爱情观、事业观，比我们现在的小姑娘都要超前。就像辜鸿铭说的，头上的辫子好剪，你心里的辫子剪了没有？尤其是近年来网上拿"处""洁"去要求小说人物的，我觉得她们心里的小脚是没有去掉的。你去看古代很多女性的传记，就会发现很多人的思维方式并不是我们想象的那样。每一个时代，性别并不重要，是她的人生经历、她受的教育和她遇到的这些人构成了她的思维方式，而不是性别。历史小说中的历史人物在这个位置上一定不会认为：我是第二性，我是一个弱者，我是一个屈从于人的人。如果是这样的话，这个人在历史上根本留不下名字来。21世纪对于女性来说是特别好的一个时代，可能在过去，这种思想是一种少量的女性思想，那么到了现在，是有很多读者能和我写的作品共情的。大量走上社会的、有一技之长的这些女性，都会跟这个情感、跟这个事件共情。我希望我写的就是这样的人物。

这几十年，一个是改革开放，一个是互联网，给女性很多机会。经济社会高速发展，大量女性接受教育。现在的女性跟过去不一样了，父母对女儿的态度可能会像过去对待儿子一样，她是这个家里唯一的孩子，唯一的宝，唯一的财产、事业，甚至是家庭基因的继承人。这时女性的思维方式不再只是一个女性的思维方式，她是一个“社会人”，这个社会对她的期望和对男性基本是没有区别的。但是她又会在某些时候受到一些传统文学对女性规约的影响。在我们的传统文学范畴内，现代女性可以对标的作品并不多。所以我希望写一些东西，当这些女性在工作上、人事上受到规约和质疑的时候，还能想到，在文学作品中是有一些女性人物可以对标的，能够从中汲取精神力量去支持自己。别人给我这样的规训，我可能说不出来怎么去反驳他，但是如果有个文学作品，给我们一个历史上的女性的人生经历做参照的话，我就可以去对标。既然她能活成那样，为什么我不能活成那样呢？如果没有这个对标的话，可能更多就会是我妈妈、奶奶给我的一个对标，或者是周边的男性给我的对标。

我希望她们拿到的对标，不是所谓的“伪”大女主，只要我美，我善良，我可爱，全世界男人就会围绕着我转，会有男人帮我解决问题。这样去解读历史上的女性，会是一件让人很气愤的事情，这是在迎合男性主导模式，实际上误导了很多女性。如果一个女子，父母辛辛苦苦培养到了大学，然后她只想嫁人，做贤妻良母，放弃受教育机会和社会上的职位，这于个人选择本身当然无可厚非，但这会让周边的人觉得女性的很多资源是没有必要的。这样一种行为的发生，在某些方面可能就是因为社会上没有足够的、让女性对标的标杆，她被一些对于女性的规训说服了以后，迷失了自己。

李玮：《铁血胭脂》中，元昊和野利仁荣他们要恢复党项的服饰、发型，但是胭脂对此表示不赞同。《燕云台》中也有类似的情节，萧燕燕很早就开始表达自己的观点，认为不应该分南人、契丹人，他们契丹人完全应该学习南人的长处。那么在您的故事中是不是有这样一个设定，就是女性在民族政治方面较之男性更加多元融合？

蒋胜男：我们现在虽然否认性别，但性别还是有点作用的，就是女性更接地气，更注重生存观，更注重大多数人怎样活着。男性更喜欢构建意识形态。因为在一个家庭中更多的是女性来抚育宝宝和操持家务，女性一定更关注我们怎么样才能活得更好，而不是关注于构建一个让“我”认为安全的意识形态碉堡。

李玮：女性更加注重生存，注重日常生活，注重实际发展，而男性会更加希望构筑一个抽象的、为我所用的、一统天下的价值观，是不是有这种分别？

蒋胜男：实际上当男性开始构建意识形态的时候，是一种对“失去”的恐慌。包括元昊、野利在做这个东西的时候，也是因为看到“汉化”对于他们的权力构建是一种妨碍，所以要“去汉化”，辽的一部分旧贵族也是这样。他们竭力去构建意识形态的时候，实际上是发现他们在“被失去”。

李玮：谢谢胜男，访谈让我们对您的创作心路历程、您的思想寄托、您的家国情怀、您的女性意识有了更全面深刻的了解。在此表达敬佩和感谢！

本文首发于《青春》杂志 2021 年 9 月刊。

“自己的节奏”：蓝色狮访谈

蓝色狮　朱怡淼　李玮　曹李馨

（一）创作：商业市场中坚守创作的节奏

李玮：蓝色狮好！您的作品在整个女频网络文学中是一个独特的存在，从《月斜碧纱窗》《一片冰心在玉壶》《锦衣之下》到现在还在创作的《明月漫千山》，您能谈一谈您的创作历程和持续创作的动力吗？

蓝色狮：《锦衣之下》写作时间比较靠后，如果不算《月斜碧纱窗》这篇的话，《一片冰心在玉壶》算是第一篇，毕竟《月斜碧纱窗》太短了。我算是很老的一批晋江写作者，写《一片冰心在玉壶》的时候整个晋江文学城还没有VIP。当时写就是纯粹“为爱发电”，就是写着自己高兴而已。因为喜欢展昭，第一部就写了《一片冰心在玉壶》。实际上那个时候我们的创作基本上都是同人文，我看了好多同人文。我挺鼓励同人文的，同人文创作可以发掘出一大批作者，写同人文起步，有了信心之后就会有自己的风格了。

那个时候读者和作者之间的互动也很好，大家特别愿意去写评论，比如我觉得这个人物怎么样啊之类的，会在文下做一些讨论。因为有这样的互动，作者就特别有动力写下去，也就形成了良性循环。

李玮：您的写作过程中读者或褒或贬的评价对您影响大吗？

蓝色狮：其实还好。我觉得读者对我一直还是蛮善良的。贬的其实不多，更多的可能还是会提出一些要求，很多时候你还是要坚持自己的节奏。但是有读者夸的话也还是很开心的，这是一个动力。

李玮：《一片冰心在玉壶》这本书，展昭这个人物是取自传统武侠题材？

蓝色狮：对，小时候是看着这些影视作品长大的。《包青天》《七侠五义》之类的，就像现在的顶流一样。也是带着这种记忆和情结来写的。

李玮：但是您又写得和他们完全不一样。包括情节的处理，比如白盈玉家的案件，实际上在原来的《七侠五义》《包青天》中都没有的。

蓝色狮：对，等于就是拿了这些人物出来另外写的故事，拿了他们的人设。

李玮：而且展昭的人设也比《七侠五义》里要美好，对吧？

蓝色狮：《七侠五义》里的人物还是有一种很明显的奴性，可能是因为写作时代的局限性吧。

李玮：一般古言小说开头会有很紧张的情节，但您的作品开头不急于设置情节，而是铺展场景，情节推进的过程中笔触非常细腻，注意情景交融。所以我就很好奇，您是怎么做到的呢？有没有其他的什么阅读积淀啊，比如原来就很喜欢文学，有这方面的背景？

蓝色狮：平时比较爱看书，可能写作的时候自然而然就带到了。我写作的时候眼前的画面感很强，就好像在看一个剧，我就把我看到的东西写下来。

李玮：您比较喜欢阅读什么样的作品呢？

蓝色狮：反复看来看去的还是《红楼梦》。

李玮：从《月斜碧纱窗》到《一片冰心在玉壶》，实际上是一个系列。

蓝色狮：对。其实我写《月斜碧纱窗》的时候，就是想写《一片冰心在玉壶》，但是之前从来没有写过，就先写《月斜碧纱窗》来练一练笔，因为我知道《一片冰心在玉壶》的设局会比较大。《一片冰心在玉壶》完结之后写了《月魄在天》，《月魄在天》之后写了《士为知己》。《士为知己》这本书写起来是最累的，整个基调是最沉重的。写完之后自己会觉得太虐了，就写了《锦衣之下》，《锦衣之下》的整个基调就要欢脱很多。

李玮：我看《锦衣之下》里面，您还是按照探案和爱情两条线，是不是这种模式写起来比较顺手？

蓝色狮：其实也不是，因为我一直以来就比较喜欢悬疑小说，比如阿加莎系列，自然而然就想走这条路子。而且走悬疑线的话，不用去编很多人物关系之间的矛盾，有一条悬疑线牵着往下走，在情节动力上不用太费神。

李玮：其实悬疑线和爱情线两条线索处理起来也不是那么容易的。像很多悬疑小说，不谈爱情，只谈悬疑，就是探案，偶尔穿插一些感情进去；要么就像很多古言，只谈爱情。把这两条线结合起来，其实是很有挑战性的。我当时看了就觉得在这一点上您比较有独特性。

蓝色狮：我觉得我还是没有将这两者融合得特别好。以前的读者会有兴趣慢慢地读，会细读书中的一些情节。但现在有些读者不是这样的，一眼扫下来就是要找“糖”。如果发现看下来全是案件，就会觉得作者讲半天讲不到重点上。

李玮：读古言女频的读者，不一定喜欢悬疑，喜欢悬疑类型的也不一定喜欢爱情。我个人的话非常喜欢这两条线的交织，很有独创性，但写起来会比较有挑战性，就像我刚才说的，它对读者可能会比较挑剔。近期创作的《明月漫千山》，是不是还是沿着这条线？

蓝色狮：我其实是写了一个女将军和她的军师。两个人是有感情线的，然后有一些外部的侵扰，不停地刺激两个人，两个人的矛盾冲突大部分都是从外部来的。

李玮：除了爱情这条线之外，有些作家会设置家国线，比如爱情和保家卫国，要不就是复仇线，不过大部分是纯爱情，能设置两条线的作者并不多。《明月漫千山》除了爱情线之外会有另外一条线索吗？

蓝色狮：有设置一条家国线。感觉现在有时候为了影视需要，会出现刻意丑化男二或女二这种情况。其实我在想，就比如《琅琊榜》这种剧，它最后家国线升华上去了，它不需要搞什么内部矛盾，没有很复杂的虐恋，也很好。

李玮：我觉得现在再去写一个很坏的男二这种设置已经很没有必要了。就像您的作品中，就不会去设置这种坏男二、坏女二，不设置这种三角虐恋，大家都很通透。当下许多网络文学作家也不再设置丑化的男二、女二，即使有的话也只是性格互补而不是道德反面。

（二）改编：期待创作和改编的良性互动

朱怡淼：对当下影视剧改编古言作品，您有什么看法吗？

蓝色狮：我写作其实不太关注外界的声音。因为本身也不是什么大IP，读者也有限。看我作品的本身也就是喜欢我文章风格的读者，对我也很包容。但是《锦衣之下》改编剧火了之后，会有很多人来找原著看。有一部分也许是不喜欢我这种风格，然后就有人说你这个书怎么这么难看，一点也不甜，男主很油腻之类的。其实《锦衣之下》播得很好的时候是我最受打击的时候，我甚至会怀疑自己是不是写得真的很差。

李玮：完全不是，我个人就很喜欢您的原著。首先就从人物方面来讲，在您的小说中袁今夏心思还是比较灵敏细腻的，男主人公陆绎在小说中也有很含蓄的一面。即使陆绎位高权重，进入感情的时候也不会很快有一种不可一世、猎物在手的优越感。其实在小说中，他有一种小心翼翼，有一种试探，又有骄傲又有小心，有一种复杂性。其次他和袁今夏的交往，一开始也是慢慢进入，心理铺陈层层深入，读起来还是非常有层次感的，也很真实。能把人的心理、情感写得很细腻，这是我非常喜欢的。您在描写他们心理的时候，也没有用直接的心理描写，而是借助于外在环境，就像《红楼梦》一样，情景交融，有一种很强的文学性，让人感觉很美，它不是直来直去的你爱我、我爱你这么简单。电视剧其实处理不出情感的这种细腻性和层次性。包括您在推进探案的过程中，有很多铺垫，但是在电视剧中它还是快刀斩乱麻，很快就把真相剥开。

朱怡淼：《锦衣之下》的原著有种经典文学的气质。小说的开头我非常欣赏，描写了在一个小馆子里吃刀鱼的场景，画面感非常强，而且很细节化，整体充满了江南水乡的韵味，具有很强的文学性。我想正因为小说的开头非常出色，网剧一开始就照搬了小说的开头。所以您的小说不仅不差，反而非常好，我个人也很喜欢。

因为网剧《锦衣之下》的爆火，您今后会朝更易改编的方向去写作吗？

蓝色狮：没有想过。我比较简单，以我的能力我只能写这个东西而且我也只想写这个东西，那我就老老实实地写。还是刚刚讲的那个问题：当有读者跟你互动的时候，有时候几章都看不到一颗“糖”，有时候确实会有读者在下面评论说让写得更甜一些，所以早期有时为了让她们高兴，就会顺着读者的心意加一些东西。不过，后来发现这样做，自己会很不舒服，因为整个节奏乱掉了。后来我就宁可晚一点更，可能一章更得多一点，六七千字，甚至一万字，她们能看到有一点“糖”。如果让我保证每三千字、四千字都有“糖”，很难。

对我来说这些人物就是活着的，哪些事情他会做，哪些事情他不会做，我心里都有数。如果说我硬让他去做了他不会做的事情，就会觉得很别扭，整个感觉就不对了。

朱怡淼：《锦衣之下》作为2019年的爆款剧，您作为原著作者，觉得这个剧改编得怎么样？

蓝色狮：客观地说，在男女主角人设包括情感事件上，它基本上保留了原著的这部分，这一点我很感谢制片方。

朱怡淼：男女主角的选角，您觉得合适吗？

蓝色狮：还是挺合适的，尤其是谭松韵，她本人为演这个剧做了很多功课，专门看了原著。

朱怡淼：网剧、连续剧对小说的改编，每一集都要有高潮，结尾要留有悬念，所以改编起来确实会对原著有比较大的调整。为了戏剧性，为了吸引观众的关注，会有一些比较粗糙的地方，像您文本中那些较强的象征意味、抒情意味以及情景交融的意境，就不是那么容易完全表现出来。有些场景可能在文本中会得到更为细腻的呈现，而网剧、连续剧却表现得不好，甚至会明显让人觉得有些出戏。

蓝色狮：网剧本身可能还是想拍得尽量直白一点，欢快一点。像我们年轻时候看的悬疑剧，比如希区柯克的片子，跳跃性会很强，要靠观众动脑来捕捉细节，但网剧要考虑大众的观感和体验，可能还是以轻松愉快为主。

朱怡淼：是的，这也是由网剧的受众群体和接受特点决定的。

写作本身是一种个体化的创作，作者强就可能创作出很强的作品。但影视创作实际上是集体性的，任何一个环节出问题都会导致最后呈现结果的不同。

蓝色狮：对，和每一个环节都有关系，包括剧本、服化道、剪辑等，每个部门都很重要。

朱怡淼：一般来说，作品被影视改编，对作者来说应该也是很乐意的吧？

蓝色狮：是的，很愿意被改编，因为影视作品的传播力是不一样的。

朱怡淼：《哈利·波特》系列作品全部被改编成了电影，不仅电影观众，而且小说读者，对电影的认可度都非常高。为什么改编得这么好？为何电影和小说的相似性这么多？是因为小说作者本人参与了整个改编过程，而且她有绝对的话语权，实际上编剧是在她的授意之下改编的《哈利·波特》系列小说，所以电影对原著的还原度就特别高。

蓝色狮：可是我们国内没有这个环境。原著作者也好，编剧也好，没有太多的话语权。

朱怡淼：希望以后这种情况会有改善。

《锦衣之下》爆火之后，会不会对您之后的创作有影响？会不会有意识地去重复这种创作模式？有时候当文学作品被影视化之后，它会反过来对文本产生影响。

蓝色狮：不会。对我个人而言，对创作来说，还是有新鲜感的作品会更有创作动力。

朱怡淼：我其实特别希望将来的作品卖版权的时候，可以和J.K.罗琳一样，签一条：我全程参与作品改编的过程，我监控这一过程。

蓝色狮：对，您刚才说到对我有什么改变的话，可能就是这一点。在能和制片方达成一致的前提下，试着往编剧的方向走一走，最大限度地把控自己的作品。

朱怡淼：很认同。我觉得这样能保障小说影像化呈现的水准，也期待您早日实现这个目标。

有的人写作会比较辛苦，属于“苦吟”类型的，有的人属于喷薄而出的，您是哪一种？

蓝色狮：看状态。有时候确实挺难的，像找不到感觉的时候就会比较难受，好几天或者一周都不想动笔。

朱怡淼：您喜欢看电影吗？

蓝色狮：是的，看电影、看剧，都看。

朱怡淼：读张爱玲吗？

蓝色狮：也读。但张爱玲的小说看了之后会情绪低落，不敢反复看。

朱怡淼：我刚才问您是否喜欢看电影，是因为您一开始说自己写作的时候会有一种画面感，这种意识很像来源于电影。我们熟知的张爱玲，她的小说也有很强的画面感，而她特别喜欢看电影，在她的作品中会有一些影像化的技巧。您认为您的创作和观影经历、阅读经历是不是也有一定的关系？

蓝色狮：应该是有的，是潜移默化的影响。之前谈到的一些观影和阅读的经验，都是有影响的。

（三）性别：彰显“她”的温暖和力量

曹李馨：从我的阅读体验来讲，不论是《锦衣之下》里的袁今夏，还是《一片冰心在玉壶》里的莫妍，她们的形象和传统的女性形象是不太一样的。她们都比较古灵精怪、爱憎分明，也比较坚定、勇敢、有担当，包括您给她们的设定也是“女捕快”这样的身份，这个职业其实也是比较少见的。所以想请问您是怎样看待自己作品中对于女性人物形象的建构，或者说为什么会倾向于写这一类人物？

蓝色狮：我感觉我作品中的女主人公，她们在谈恋爱的时候确实会小鸟依人，但当她们一个人的时候，确实是可以扛起一座山的。我是福建人，我回闽南的时候就会有很深的感觉，闽南女子比较传统，但也很刚强，我的长辈也好，我的同辈朋友也好，她们都有很坚定的心智，随时随地可以扛起整个家。

曹李馨：我也关注到了最近几年“她”文化的兴起，屏幕上呈现出的“她”形象也在变化。从一开始的“灰姑娘”故事、“霸道总裁爱上我”之类，到后来“大女主”的出现，再到现在“女王”和她的“忠犬小男仆”这样的设定也为大家所接受。您觉得我们这个社会需要怎样的“她”形象建构，来起到正面引领作用？

李玮：这个问题换个说法就是，您觉得现在流行的这个“大女主”是要男女相当呢，还是应该女性占绝对主导地位？最近很火的一部剧叫《赘婿》，就是女性主体，男性要有“三从四德”。这个问题您是怎么看的？

蓝色狮：我希望女性自己是有选择的，她可以选自己喜欢的东西，而不是被迫去做某件事情。做家庭主妇也好，出去工作也好，你是有得选的，而不是说被整个社会环境或者家庭所迫，不得不去做某件事情。男性女性相处最重要的还是彼此尊重。

曹李馨： 关于您书中的两性关系，我觉得他们不是单向的，比如说男性跟女性之间就是保护与被保护这样一种关系。其实我觉得在您的书中，一方面是男性引导女性，但另一方面也有很多女性保护、救赎男性的情节。您怎样看待对于二元对立这样一种模式的突破，您觉得这是不是女作家的敏感所在？

蓝色狮： 我觉得彰显女性力量最明显的一个特质，异于男性的，就是母性特质，想去保护或者是帮助别人的本能，这是女性特质特别明显的一个体现。女性追求爱情并不是说她就是在寻求依靠，我觉得这是两回事。我自己比较喜欢的男性角色，比如猫腻《将夜》里的大师兄，我心目中比较完美的男性形象就类似于这种，性格温和、情绪稳定、能力很强。

曹李馨： 感觉无论是陆绎还是展昭，身上都有这种温柔、包容的气质。

蓝色狮： 这所有一切的前提都是这个男性对于女性的尊重。

曹李馨： 看《锦衣之下》时，我原本以为作为爱情阻力存在的可能是阶级之间的落差和悬殊，然而这一点似乎并非作品中极力表现的，相反，将两人的冲突和矛盾推向高潮的似乎集中在血缘和家族上。这似乎也是近期热播的网剧中呈现出的一种趋势。为何会选择设置这样的情节模式？这是否也反映和折射出一种变迁的爱情观念？

蓝色狮：如果作品集中去处理门第差别的话，会衍生出很多狗血的剧情。我作品中没有写得那么明，但其实也是隐藏着的。你看今夏一直不敢向陆绎表明自己的心意，也是因为门第的鸿沟存在，只是没有明写出来。

曹李馨：您的几部小说中均有对传统文化元素的使用。我印象比较深刻的有《一片冰心在玉壶》中对柳永词的引用，《锦衣之下》中关于“爱别离”的相关情节描述。这种传统文化的融入既保留了古风古韵，又呈现出一种现代性和新的美学风貌。您怎样看待网络小说中对于传统元素的使用或者说化用？

蓝色狮：写的时候是将自己平常读的一些东西，觉得可以用的放进去了。刘和平老师的《北平无战事》，一开头就是师生在朗读《荷塘月色》这个场景。我看刘和平老师的访谈，他就说希望能够更多地把文化放到我们的影视作品中，去传达给大家，让这些作品能够留在观众的心中，我觉得这也是很对的一件事情。现在年轻一代的阅读，其实很少去涉猎经典。他们也很少有渠道和方式去接触经典，而影视恰好能给他们提供这样一个途径。

李玮：今天的访谈还是让我们受益匪浅的。聊天的过程中我们也发现您还是一位非常纯粹的作者，身上有着那种和纯文学的天然的亲近，在网络文学热潮中也能够始终坚持自己的创作风格和创作规律。希望以后能不断看到您的作品产出，也期待您的新作《明月漫千山》。

本文首发于《青春》杂志 2021 年 10 月刊。

“最现实”的骁骑校

骁骑校　李玮

导言

《橙红年代》让人热血沸腾，《匹夫的逆袭》让人肃然起敬。骁骑校是网络文学创作界少有的现实题材创作“大神”。通过《橙红年代》《匹夫的逆袭》《好人平安》等创作，他不仅开创了都市“逆袭”的类型范式，描写主角升级开挂的人生激情，而且探索了网络文学书写底层现实的可能性。骁骑校以丰富的群像、连贯呼应的事件创造了让人惊叹的“橙红宇宙”。随着《橙红年代》的影视改编，“橙红”给都市想象赋予了奇谲浪漫又黯然深沉的色彩。而我们更看重的是，“城乡接合部”喧嚣混乱又生龙活虎的存在，小人物们如此艰难又无比坚韧的奋斗。在骁骑校笔下，“逆袭”，固然是“白日梦”，也是“最现实”的生命体验……

李玮：校长好！我们注意到您最初受到“榕树下”的影响，开始创作网络文学。2007年的《铁器时代》是不是您最早创作的作品，当时为什么选择网络作为创作载体？

骁骑校：这个要从更早说起。2000年左右，国内刚有网络的时候，我就写了一个关于网恋的小短文，这应该是我写的第一篇。当时我就觉得这个东西这么好，应该发在“榕树下”这种地方。但是也没有去尝试，只是觉得自娱自乐可能更合适一些。第一次试水其实是不太值得一提的，稿子现在都找不到了。最初选择网络作为载体，大多是因为想写的东西自己心里有数，知道无论是杂志、报纸，还是任何的官方刊物，都肯定不会刊登或者出版，所以也就没有去投稿。

李玮：一开始您写网恋题材，是不是受到了《第一次的亲密接触》的影响？

骁骑校：对，是受这个影响，因为我写的不是一部小说，而是一篇散文式的东西。内容是有关QQ（聊天软件），那时候QQ还叫OICQ。刚接触这个软件，我结识了一个湖南的女网友，叫胡蓉。我从来没有见过此人，连视频都没有过，更没有谈情说爱，只是网上闲聊，但她是我最早的一个女网友，可以说是一个里程碑式的人物。后来我把这个胡蓉写到了《橙红年代》里，她是一个女警察。再后来改编成了影视作品，马思纯出演这个角色。这个时候，真正的胡蓉应该已经是有两个孩子的母亲了，也还在我的QQ列表里，但已经十几年没有聊过天了。后来我也告诉了她，我说其实电视剧里的这个胡蓉是以你为原型的。对于已经近40岁的家庭妇女来说，被写进电视剧就像一个童话故事。

第二次去尝试写作的时间，与第一次相隔不久，那时候还没有成型的小说网站，还是论坛形式。2001年我在铁血论坛上写了一个穿越小说，叫《雪原奇兵》，讲一个未来的战士穿越到东北抗联那个年代。我给这个人起的名字和刘子光同音，但是字不一样。写了2万字后，这本书烂尾了，我又把他的名字用在了《橙红年代》里。当时忙于工作，写文也没有办法变现，就没有继续写下去。2007年才正式开始写第一本成型的书，《铁器时代》写了200多万字。虽然正式开始写作是2007年，但我接触确实是蛮早的，应该算第一批。

李玮：您最先是在哪个平台写的《铁器时代》？

骁骑校：最早肯定是在起点，但因为未能签约，没办法，就转去了17K。17K很快就和我签约了，我也受到了鼓励。其实在写作的时候，各方面的鼓励非常重要。另外，保证作者创造力和想象力的空间这点也很重要，我的编辑一直都是血酬，他对我最大的一个照顾，或者可以说是成就我的一个做法，就是他不管我、不干涉我。这和许多编辑不同。按“套路”的指导来，可能会取得一定成绩，但整体的水平是上不去的。不是说血酬不能指导我，他确实是我的良师益友，而是说，他很了解我的水平是什么样的，不会在具体情节上指导我，但我们会一起探讨创作理念。

李玮：《铁器时代》是传统玄幻，然后加“武侠”元素，加“重工业”元素。当时为什么选这样一个题材呢，是不是觉得它比较吸引读者？

骁骑校： 没有经过刻意设计。在我写完《雪原奇兵》之后，到2007年，我一直在工作，同时也是一个资深的网络文学读者。我看了很多书，就有一种“技痒”的感觉，写《铁器时代》，从名字也可以看出，我其实是想表达一个行业术语叫“多铆蒸刚”的时代：炮塔、蒸汽、刚性悬挂、铆接式……但其实我在写出来之后，就感觉自己的能力还不足以去驾驭这样一个专业性很强的题材，而且这个题材相对来说有些小众。后面的创作就开始放飞自我了，天马行空地去写，没有任何顾忌，可以说是一个大杂烩，但为了在逻辑上自圆其说，我就把它搞成了一个“后穿越时代”，在《穿越者》这本书里把前面所有作品进行了一个“大闭环”。所以《穿越者》是构成“橙红宇宙”的最重要的一本书，它把所有不合理的地方全都给圆上了。

《铁器时代》是我写的第一本书，还不是特别成熟，虽然成绩比较好，但我觉得没有什么特别值得评论家去讨论的空间。这本书让我挣了点钱，对我产生的鼓励是相当大的。签约那天是2007年9月6号，这个时间我至今还记得，签约之后我就去奖励了一下自己，买了一台笔记本电脑，表示我要正式码字了，我要做作家了！10月书上架之后，作为一个新人，我感到很震惊，因为当时我的订阅率排到了网站销售量的第六，这是很好的成绩。

当时网站的生存境况并不乐观。很多作者因为稿费原因不写了，我倒没有在意。再后来网站发生了一件事情，就是去“砍”买断的作者，但是我作为作者很少考虑不该我考虑的事情，就很傻乎乎地闷头写，没有关注论坛，也没关心网站的变化。人傻其实是有傻福的，很多大神离开了17K，去了纵横或者起点，像我还有失落叶这样的新生代或者少壮派的作家就冒出来了。

当然我坚持在17K，血酬也是一个重要原因。当时17K网站并不景气，2009年的时候，全站一个月的稿费就只发出去10万块钱。血酬也很照顾我，他以2000元保底和我签下《武林帝国》，我很仓促地就接受了。当时我处在一个低谷期，写了100万字。这本书也没有太多值得一说的地方，就是一个技术流，没有加进去太多的激情和个人感悟，一部很中规中矩的、穿越架空历史的小说。

李玮：但《武林帝国》完本之后，您就迅速迎来了《橙红年代》的火爆？

骁骑校：是的。《橙红年代》的火，也是有一些巧合之处的。当时17K的都市频道，或者说整个网络，流行的都是那种农村流，但较为低俗，国家整顿后，都市频道就出现空档。我之前是创作架空历史的，如《铁器时代》和《武林帝国》，写完后就想尝试一下现代题材，我长期的积累其实都在当代。从2010年1月份开始写，1月上旬我就去鲁迅文学院学习了，之后这本书的数据在飞速增长，各方面的数据都排第一，这种状态几乎持续到完本。巅峰的时候，《橙红年代》的流量占据17K网站整个流量的十分之一。网站在北京开会的时候，那个老总说给我拿台电脑让我就在这写，因为我不更文的话，网站的流量会掉十分之一。这其实是一个很可怕的事情，几万个作者，十几万本书，这一本书就占十分之一。

《橙红年代》这个名字也是我起的。别的事情都可以商量，比如价钱，都是人家说多少我就拿多少，甚至说是“委托创作”，就是我只有著作权，也可以直接答应，但在书名上我特别坚持。人家说你这个肯定不好，又没有什么“超级”这种字眼。但我就坚持要叫《橙红年代》。因为我年少的时候看张爱玲的书，有一句话很触动我，她说隋唐是一个轰轰烈烈的、橙红色的年代，我觉得这样来形容隋唐年代的那种乱世的感觉，特别对味。

刚开始的时候，在北京开年会，一个编辑当着我的面说，这个书必“扑”，因为是跨频道写作，我本来被算作历史类作者，然后去写都市。一般来说编辑是不建议作者跨频道的，跨频道写作没有成功的先例。但是这个说法我并不认可。我觉得作者就像演员，哪有一个演员只接古装戏不接现代戏的，好的演员肯定是都能演的，好的作者也是都能写的。还有另一个编辑，他当着我面说，凭你这个名字就必

“扑”。但是后来出版的时候，山东人民出版社的编辑倒是说这个名字非常好。

李玮：传统文学作家里，比如老舍，他一开始也写过科幻，后来才去写北京平民，我们经常说，他找到了适合自己的写作题材。写都市题材，写底层人物，可能也是一个比较适合您的路径。您在写《橙红年代》的时候，较之写《铁器时代》《武林帝国》，是不是更能把曾经经历过的、观察到的那些日常生活带进写作中去?

骁骑校：可以这样说。《橙红年代》和《匹夫的逆袭》这两本书是可以列在一起说的，《匹夫的逆袭》更接地气一点，《橙红年代》里融入了本人的感悟，也融入了看过的书。因为我们的个人经历没有那么多，有时候是可以把看过的书加进去的。我特别喜欢看弗雷德里克·福赛斯的书，有一部电影叫《野鹅敢死队》，就是根据他的书《战争的猛犬》改编的。我是在16岁时看的，记得特别清楚。我不可能亲自到非洲去参与雇佣兵的项目，所以我把我看到的东西吸收之后用在我的书里，比如写刘子光在非洲的一些经历。我想我们确实需要去借用别人的营养，从书籍包括影视作品中，有意识地学习，靠这样的营养来滋养自己，而不是直接就拿来用。《橙红年代》具有理想化的追求，很需要这些内容。

李玮：《橙红年代》和《匹夫的逆袭》虽然在人物设置

上相像，刘子光、刘汉东都是从底层做起的，但他们整个的故事逻辑是不一样的，《橙红年代》其实还是都市系统升级打怪的成长逻辑，但是到了《匹夫的逆袭》，就能够有一种属于您自己的社会观、价值观体现在其中，不知道您是否认同这种说法?

骁骑校：这个不是刻意去营造的，而是和后来又有的人生经历有关。在写《匹夫的逆袭》之前，我也在文章里写过这么一段话，就是觉得应该为社会底层写点什么。虽然我没有表达得很好吧，但我确实努力过了。《匹夫的逆袭》里有一个地方叫铁渣街，这个名字源自日本动漫《铳梦》，但其实它的原型是我在徐州的家，徐州这个家我也写在了《匹夫的逆袭》里，叫黄花小区，属于城乡接合部。出了小区，北面有一条河，过了这条河就是另一个世界——城乡接合部。原来的农村人把房子出租给外来的人员，那一条街上只有两种门面，一种是做防盗门的，整天响着电锯的声音、弥漫着喷油漆的味道，很多金属摆在门面附近。另外一种就是洗头房。就是这样一个很乱的地方，我有一个初中同学住在这儿，他父母双亡，从小患有眼球震颤症，但是勉强还能看到，就从事按摩工作。他在一个农民屋的二楼租房，一个月80块钱或者50块钱。因为离得近，我经常去看他，给他带一些东西，或者请他吃个饭什么的。他给我讲了一个故事，我当时听得很震惊，感觉那完全是另外一个世界。

另一方面就是我父亲生病，病得很重，让我很绝望。但是我见过比我更绝望的，在同一个呼吸科的病房里，有一个县里来的农村人，他默默地收拾行李，刚来就要走，不治了。这是一个中年人，40多岁，问他为什么，他就很轻松地说，是肺癌，不看了。他很淡定，好像不是在说一件要命的事情，但作为问的人，我心里很震撼。人家为了省两个钱，或者是真的没有这个钱，就放弃治疗回家。还有一次是我在住院的时候，晚上听到有热水瓶掉在地上的声音，其实是楼上一个老头，生了病，儿女不给他治了，他也想为儿女减轻负担，就从楼上跳下去了。我还在医院大厅里见过一个农村妇女，趿拉着拖鞋，歇斯底里地哭，可能是她丈夫车祸死了。大量的这种人间惨剧给我的内心带来很大的触动。

包括蓝浣溪，这样的底层女性也是有原型的。《匹夫的逆袭》里有几个关于蓝浣溪的情节，都特别有泪点。比如刘汉东出狱之后回到铁渣街，下着雨，蓝浣溪从洗头房里跑出来，拿了一把小花伞，两人在街中心抱头痛哭。再比如蓝浣溪高考，坏人把她锁在宿舍里，不让她参加高考，她就费尽心机赤着脚走去考场，没有饭吃，饿到休克要喝雨水。虽然我是作者，但是每次再去看这个角色，看她的高考、她离开近江那天在机场的送别、她后面的报恩，总是会有一种热泪盈眶的感觉。刘汉东还好点，他的武力值也比较高，但是蓝浣溪作为社会的最底层，她遇到这些事情的时候，虽然有恩人相助，但还是要靠自己去奋斗。其实蓝浣溪是这本书里非常重要的一个人物，更代表了一种草根的逆袭精神。

李玮：《匹夫的逆袭》的读者反馈是不是不如《橙红年代》?

骁骑校：不如，因为没有那么“爽”。我肯定觉得《匹夫的逆袭》在立意等各方面比《橙红年代》要高好多。

其实一开始刘汉东去救小女孩舒帆，牵扯到家族财产斗争的情节，来源于我当时听到的一个段子：某集团董事长飞机失事，他的财产归他老婆，然后他老婆和他的司机结婚了。这样一个段子，真假难辨，但是我觉得其中的戏剧冲突特别强烈，藏着一个底层司机的故事，但他一定不是个坏人，而是托孤的重臣，你给他信任，他就把能做到的事做到最好。我改动了一下，变成小女孩舒帆的父亲托孤，企业叫青石高科，为电动车生产高性能电池，还写了各方势力争夺青石高科的情节。2013年写的时候，电动车还是很少见的，可以说作品带有一点前瞻性。现在有个企业叫宁德时代，是福建生产电动车电池的，市值1.17万亿，可以说是富可敌国的一个企业。这本写在2013年的书就预见了这种企业的兴起。

李玮：在《匹夫的逆袭》和《橙红年代》之间，您还写了《国士无双》，当时怎么想起从都市又回到民国呢？这很有跳跃性。

骁骑校：换背景、换场景让自己轻松一下。总写一个题材会审美疲劳，而且我一直挺想写民国的，在构思《铁器时代》的时候就考虑过，第一个版本就是刘子光和他的一个小兄弟一起穿越，我想让刘子光穿越到古代，他的小兄弟穿越到民国初年。那时候就有这种想法，但没有成形，写完《橙红年代》的时候，就把它提上日程了。原来的想法肯定是不用了，又新创作了陈子琨这样一个人物。写他的思路其实是借鉴了《阿甘正传》，用一个角色把历史大事件串起来。我从1919年写到1993年，1967年是正篇结束，后面再回来是1993年，这是我的作品里时间线最长的一个故事，因为我特别想把近代史以讲故事的形式表达出来。我看了好多历史资料，也借鉴了很多原型，比如张宗昌、陈调元、阎锡山，有很多原型，并不是说我完全杜撰了这本书。从那个时候起我就养成一个习惯，大量地买书去阅读，因为我们是编不出来这么花样繁多的故事的。

《匹夫的逆袭》之后写了《穿越者》，篇幅不长，一个科幻题材，写得特别痛苦，因为相当于挑战自己，又介入了一个新的题材。虽然很痛苦但也很有成就感，很多人也说这是一个神书，神就神在它在搭建“橙红宇宙”的过程中起到了关键作用。

李玮：完成“橙红宇宙”的构建之后，您近两年开始写短一点的小说，比如《好人平安》和《长乐里》。这个转变是出于什么样的考虑呢？

骁骑校：《好人平安》可不短，有150万字，短的是《春秋故宅》和《长乐里》，《春秋故宅》是以一个家族的历史为原型，后面的时间线因为一些现实原因没有写下去。《长乐里》可以说完全就是为了影视化而打造的一个作品。写完《穿越者》之后我就离开17K，去了网易。《罪恶调查局》是网易云阅读的书，从写这本书开始，资方就介入了。资方有他们自己想要的东西，我的自主创造性就受到了一点点干涉，但是不多。小说的设定还是蛮有意思的，一个老记者带着一个混血女儿，还有卢振宇这样一个年轻人，也写了有100多万字，相对于以前的书来说算是短了一点。

李玮：《罪恶调查局》实际上是有一些悬疑探案色彩的，最近这个题材比较火，比如说今年的《大奉打更人》也是加了一些悬疑探案的元素，这可能会增加它的热度。但是您后来写完《罪恶调查局》后又回归了底层人物崛起的这样一种路线。

骁骑校：因为我不擅长写悬疑探案类，只是说这方面市场特别热，资方也不考虑作者擅长什么，他说什么红就安排你写什么，把作者或说作家当编剧用，这其实是一个不太好的习惯。这里我就要说一下我这两天才研究出来的一个理论，叫多巴胺创作，尤其适用于网络文学作者。就是在写这本书的时候，我首先要让我自己“爽”，满足自己的臆想，我让自己开心了，然后我写出来最好能在最短的时间内获取读者的反馈，反馈快，鼓励多，作者的多巴胺更多，就会写得更快、更好。

现在的书和以前的书不一样，就在手机应用软件上看，每一段读者都可以进行评价，以前是在章节后面评论，现在都是“段评”，可以针对某一段进行评论，读者之间在阅读的时候也可以有互动，很热闹。就像一个茶馆，你在上面说，下面跟着你衬。得到及时反馈对于作者是一个很正向的激励。如果你写得不好的话，也有负向的，甚至说人家不评了。传统的作者在出版的时候就得不到这么一个及时反馈，因为他写的书要先拿给编辑去看，出版社的编辑会给出一些专业建议，等到拿给读者看的时候，人家在新华书店里看到你的书，是没有办法给你一个有效的评论和反馈的，除非特地上网去评价。对于他们来说，好坏都这样了，没有一个集中的地方来发表这种反馈。除非是现象级的作品，20世纪90年代那种全民爆火的书，但现在这种书可能就得不到这样一种反馈。得不到正向反馈的话，作者就没有那么快乐，不快乐就会平淡。

李玮：接下来您写了《好人平安》，这一篇无论是题目还是立意，都和一般网络文学很不一样，您当时是怎么想的？

骁骑校：写《好人平安》也是代入了我个人的很多东西，虽然说我是70后，《好人平安》的男主人公傅平安是

1990年出生，我们之间差了十几年，但前一两卷的很多东西都是我真实的个人经历。其实我写的小说，所有的主角都可以看作我的化身，有些人是我的“超我”，比如《橙红年代》的刘子光，但傅平安是我的“本我”。我在像他这样一个年龄，十八九岁的时候，生活在一个正常的城市家庭，不穷也不富，但忽然有一天我父亲就瘫痪了，傅平安的父亲也是瘫痪的这样一个设定。我当时处于升学阶段，本来想考大学的，但是没考，因为觉得考上也白上，就进了社会。傅平安也同样是失学后进入社会，类似的经历还包括一些桥段。傅平安给茜姐当司机，遇到了坏人，他就去夜市买刀，不杀人，至少也能防身，与此同时，他曾经的同学，一个已经考上大学的女同学，在另一侧选购文具，他看了人家一眼，顿时有一种偏离正道的苍凉感。傅平安受到打击后，不再混社会了，别人介绍他去当农民工，到大学校园里去搭戏台，他和工友在台子下面吃盒饭，上面有一个球落下来。他高中时暗恋的女同学，现在在淮门师范学院读书，她就在这台上面说，喂，这位工友，你把这个球给我踢上来。半年之前，大家还是一个班的同学，现在我是农民工，人家是天之骄子。虽然我没有亲身经历过这个场景，没有这种和女同学在台上台下的戏码，但我是做过农民工的，能够体会到这种强烈的反差背后所激起的情绪。

当时徐州有一个工地，是一个标杆项目，叫风华园小区。我在那个工地做农民工，43号楼的钢筋就是我穿的。我在《好人平安》里也写过，一个年轻人最骄傲的年纪，最应该肆意找寻快乐，去放飞自我的年龄，也就是上大学的时候，18岁到22岁这样一个区间，这很有可能是一个人一生最开心的一段时间，但是在这个别人最开心的时候，我其实处在人生的谷底，一个最苦的谷底。农村的小孩可能另说，但是作为一个城市里长大的年轻人，去做农民工，不能说是对自尊的一种摧残吧，也是把人给压到最底下去了，没有什么骄傲可言。年轻人总是对生活抱有很多信心，很多乐观情绪，那段时间虽然是谷底，但也是我人生中最快乐的一段时间，每天回到家有很多朋友聚在一起。当时我住在市中心的棚户区，一个大院，门牌号码是108号，我在很多书里都用到了108号，比如《橙红年代》里刘子光住的大杂院也是以这里为原型，就叫108号，《匹夫的逆袭》里刘汉东和火颖他们也住在铁渣街108号。就像周星驰一样，把自己的一些人生痕迹放到电影里，相当于一个小彩蛋嘛。

我也经历过和傅平安相同的谷底，但是我没有放弃，傅平安也没有放弃。虽然我30岁才开始转行，转到这个行业，但可以说是“上电梯式”地开始人生的腾飞。现在我也是身边那些亲友心中的神话。所以傅平安这样一个角色其实是我以自己为原型建立起来的。像他当兵后的一些经历，都是被狠狠地压到一个最低的谷底，但是压得越狠他反弹得越高。

好人一生平安，有这样一个由头，也有这样一个寓意。

李玮：您的文字相当老辣熟练，而且很多描写非常细腻，我就很好奇，您的文学感觉为什么这么好，是不是上学的时候就在文字方面有优势？或者说，是不是受到了一些文学作品的影响？

骁骑校：那肯定是，班上最好的那种，文科或说文字类的东西我都会。我记得初一下学期，英语和数学考了30多分，但语文和政治考了90多分。我经常出现这种反差强烈的情况，就是作为一个“学渣”，语文在期末考试考年级第一。因为偏科很严重，高中阶段，整张数学卷子全靠蒙，一题也不会做。其实也是没办法，当时不是不想考大学，可能去考也考不上。

说到影响，其实有一本书对我影响特别大。9岁左右，那时候我家里人都在中学里工作，他们能够接触到图书室的一些报刊书籍，经常拿回来给我看。我在青少年阶段看了很多期刊，学校订阅的，种类齐全，期期不落。从《故事会》开始，《故事大王》《恋爱婚姻与家庭》《警坛风云》《收获》《十月》都看，小孩儿嘛，什么都看，但我印象特别深刻的是一部小说，讲的是抗日故事。山东的土匪抗日，有各种各样的枪，写得琳琅满目，还有狗群，有特别聪明的狗，还有土匪的儿子，一次被子弹打还是被狗咬了，睾丸掉了一颗。这一段描写我在青少年时期记得特别清楚，非常刺激眼球，但是年龄小，没记住作者和书名。那时候读书还是不多，没有发现这是哪本书，直到30多岁了，心想这本书我找找吧，以前不好找，现在网络这么发达，肯定比较好找，然后我就利用脑子里余留的记忆去搜，真找到了这本书，是莫言的《红高粱家族》，随后我赶紧买了一本。所以在我很小的时候，印象特别深刻的就是莫言的书，再有就是刚才说的福赛斯的书。

李玮：我知道您还读了王安忆的《长恨歌》。

骁骑校：读王安忆是为了写《长乐里》，特意去看的，压着性子看下去，其实开始也有点看不下去，看了一夜，之后就真的看进去了。她写的那种感觉，那种味道，让人欲罢不能，我用一夜时间就看完了，想让这种感觉给我的作品增加一点调味料吧。我自己一个“直男”是没有这种感觉的，但是王安忆作为上海女性，面对上海的这种心理活动，就非常有感觉，对我的写作实在是大有益处。虽然也没有用到太多，毕竟还是一个男性向的作品。

李玮：您的《长乐里》开篇还是很有上海弄堂的感觉的。

骁骑校：因为我住在上海嘛，上海相当于我的第二家乡，作为一个作家，觉得要为这个城市留下一点文字。《长乐里》最初是由一幅画勾起的。那幅画左边是1937年的断壁残垣，有一个穿着破破烂烂的小女孩，赤着脚，右边是2017

年南京的高楼大厦，有一个穿着漂亮雪地靴、羽绒服的小女孩，两个人面向画中央的分界线，相当于握手但又没有握到一起。我当时就想，如果能够穿越，能够让1937年的一个人看到现在的中国，那对他、对读者是一个多大的心灵震撼。所以说，这本书我可能更愿意叫“长乐里”，就三个字。后面的“盛世如我愿”就是一个网络流行词，2019年时，抗战胜利阅兵，网络上流行一句话叫“周总理，这盛世如你所愿”。以前我们飞机都要飞两遍，现在不用了。国家的武装力量、装备发展到这样一个程度，正是周总理所期待的盛世中国，后来这句话就延伸到了所有的领域，改革开放取得的各种成就都可以说“盛世如你所愿”，这个“你”不一定是先烈，也可以是每一个中国人。包括第一位代表中国参加奥运的刘长春，那时候他肯定也非常希望我们的国家能变得强大。

李玮：您现在是在写《白龙》。您觉得网络文学未来会怎么样发展?

骁骑校：我看过何平教授写的那篇文章，我蛮赞成的。有时不要给网络文学附加一个太重的责任，让它轻松上阵，也挺好。拿自己的短处去和人家的长处比，不可能。我昨天还下了一个电影，叫《群青战记》，讲日本一个高中校园内的全体学生一起穿越到日本的战国时代。就这样一个很天马行空的题材，日本人可以拍成电影，我们只是用来写网络文学，有什么不可以呢？如果说让世界了解中国，还就是这种“瞎写”的，这种天马行空的，反而可能成为让外国人了解中国的一个好的途径。

《白龙》也是一本脑洞大开的书，主人公在历史间来回穿梭，把现代的东西带到古代，把古代的东西也带回来。我觉得在写了很多沉重的题材之后，再去写这种能够完全放飞自己的、肆意挥洒的、所谓纯正的网络文学，对我来说是一种放松。

本文为2020年度江苏省社会科学基金课题“新时代江苏网络文学高质量发展研究”阶段性成果，项目批准号20XWD001，首发于《青春》杂志2021年11月刊。

网络文学新浪潮
——会说话的肘子访谈

会说话的肘子　李玮　管文颖

导言

新变和新潮，是文化活动具有活力的标志。网络文学发展至今，从唐三的《斗罗大陆》到猫腻的《将夜》，从各类型的开拓到类型变体或元素融合等，已经呈现出具有规律性的发展曲线。而近两年来，网络文学最引人注目的现象就是网络文学科幻设定的“井喷”。这类作品不仅榜单数据亮眼，而且口碑出众，堪称网络文学的创造力新浪潮。会说话的肘子是阅文集团的白金大神，2020年度中国作协影响力榜上榜作家。他以《大王饶命》《第一序列》《夜的命名术》等连续性的高质量写作，成为引领这一浪潮的中坚。在阅文团队的支持和帮助下，扬子江网络文学评论中心访谈会说话的肘子，试图思考网络文学科幻设定的发生发展问题，同时呈现网络文学生生不息的创造活力。

李玮：肘子好！因为您的创作将精彩的故事和深刻的思想相结合，将热血和理性相结合，所以它们既能受到众多读者欢迎，又能在思想性上成为网络文学界的某种标杆。2020年，您的《第一序列》上架后，首订62000+，创造了起点新纪录。而我们认为，这更是一部证明网络文学具有层出不穷的创造力和想象力的作品，它引领了网络文学一种新的潮流。并且，您进入网络文学界的时间，和我们熟知的诸多作家不同，您的创作道路具有独特的意义。您的创作应该是从2016年那部发表在起点中文网的《英雄联盟之灾变时代》算起吗？当时是怎样的一个契机促使您开始从事网络文学创作的呢？

会说话的肘子：是的，最早应该是2016年3月15号。其实从初中开始，就有写作的想法，那时候看了别人的故事，觉得自己也想讲点什么，但讲得并不好，也就胡乱写点什么在同学之间分享。

李玮：如果从宏观的角度来看，我们似乎可以找到这样一条轨迹：从最初《英雄联盟之灾变时代》《我是大玩家》之类的网游衍生作品到首部评论破百万的原生网络文学作品《大王饶命》，您故事中的风格和人设发生了许多变化，而这种变化在当时的网络文学界是非常创新性的一种变化。您能不能具体谈一谈写《大王饶命》的时候，您是怎样去构思吕树这样一个人设的呢？

会说话的肘子：那时候主流创作的主角其实都是高冷、杀伐果断的，我当时也没有其他想法，也没有想到《大王饶命》会火，唯一的想法就是想写点不一样的，给读者带来一些新奇感，希望读者读到这本书的时候，会感觉这本书跟过去的网络文学好像有点不一样。

李玮：《大王饶命》与一般的网游文学还存在不一样的地方，即用系统设定穿插科幻元素，这个您是怎么考虑的呢？

会说话的肘子：其实加系统游戏元素，我觉得纯粹就是自己笔力不够，觉得这样会更好写一些，因为这个系统可以作为剧情支线的驱动力来促进剧情，也就是说，当你还没有掌握写作技巧，或者你还没有那么多故事，可以把它讲好之前，这是一些作者经常选择的手段。

李玮：如果说《大王饶命》是以人设取胜的话，那么此后的《第一序列》则可以看作一次新的尝试，不仅从人物上完成了“个”到“类”的转变，还构成了一个好的故事，正如您在故事最后提到：“在这个故事里，我将很多人都看作主角，而任小粟不过是将他们每一条线牵在一起的那个人。”所以，可以请您谈一谈您是如何从最初的李神坛版本转变到任小粟这一版本的吗？对于这一版本您又寄予了什么样的期望？

会说话的肘子：其实，我们现在反观《大王饶命》，特别是和《第一序列》相比的话，《大王饶命》的人设还不够好，过于单一、标签化，没有太多成长性，故事中的聂廷、石学晋、陈百里、李一笑这样的配角人物，其实没有太多变化，我也没有用太多笔墨去描写他们，没有给予他们自己的内核。现在可能很多人觉得《大王饶命》大方向上的人设好，但是从创作者的角度来说，《大王饶命》只不过是因为它的人设投读者所好，它的人设并不算真正写好了。它的成功可能还在于人物关系的强互动性，因为“负面情绪”，主角和所有人被联系在了一起。“强互动性”是读者想要看到的。包括《夜的命名术》中穿越也都是群穿，他们更喜欢看人与人之间，就是穿越者与穿越者之间的互动，包括穿越者在穿越后与“里世界”土著民的互动。读者现在更喜欢看人的故事，所以《第一序列》是先有了故事和结尾。正是先有了结尾，才有了前面的200多万字。在有了故事的时候，人设在里面就更好塑造了，人物根据故事的曲折跌宕进行一些变迁。比如说现在读者特别喜欢的P5092这一角色，他一开始只是一个火种的“冷血”军官，随着事件的发展，大家都知道这个人其实也是有血有肉的。大家甚至没有记住他的名字，只记住他的编号，但还是记住他这个人，记住了他在战争指挥中自身存在的矛盾以及自己的坚定。我觉得人物塑造到这一步可能算是有一点点成功了，这也是在《第一序列》里沉下心来得到的。所以同《大王饶命》的创作水平相比，我觉得自己在《第一序列》里得到了蜕变，这也是让我非常高兴的。

李玮：我非常认同您的说法。《第一序列》是一个非常完整的故事，正如您所讲的，我们的人设大致有两类，一类是投读者所好，比如搞怪幽默，但是另外一种就像您所说的，是丰富的、个性的、有成长性的，并且蕴含着独特理念的。在我看来，您在《第一序列》中所塑造的不仅是主角，还有很多配角也让人印象深刻。现如今国内网络文学IP的产业链越来越成熟，从您的公众号，我们得知由《大王饶命》改编的动漫已经上线。在宣传片中，我能直接感受到那种热血沸腾。在世界末日的背景设定下，科技文明发达的背后可能是资本壁垒的高耸，我觉得这样的立意非常好。请问您是如何想到这种题材的呢?

会说话的肘子：其实在写《第一序列》的时候，我经常看罗翔老师的一段视频，那段视频讲得非常好，他在里面提到为什么法律不允许人们售卖自身肢体，实际上就是人的重大利益不可放弃，也是对每个人的保护。在乱世里，如果没有法律保护个人重大利益，就像《夜的命名术》里面一样，你可以卖掉自己的器官换成机械的，别人可以买你的东西，可以跟你签劳动合同，然后签你一辈子，将个人变成奴隶。只不过在我们现实生活中确实是有国家在保护你，让你不能放弃自己的重大利益。我觉得这一条太重要了，非常触动我。

李玮：在《第一序列》中，您塑造了一个独特的形象，具有思维的人工智能“零”，并安排了其与任小粟的多次对话，试图讨论当人工智能有了思维后，是否仍能被人类所接纳，从而探讨了不同物种之间是否能够共生这一命题。而“零”创造出的“壹”在您的新书《夜的命名术》中，再一次出现，而这里的“壹”和《第一序列》中的“零”好像有很大不同，能请您谈一谈安排这一形象的用意吗？

会说话的肘子：其实《夜的命名术》就是想探讨《第一序列》中还没有探讨结束的问题，即对待人工智能的态度，《第一序列》的尾声探讨的就是关于科学伦理的问题。现存的科学技术无法完成对一个人工智能的底层设计，让它变得和阿西莫夫说的那样只服务于人类，不伤害人类。无数科学家从实际层面上证明了人类目前是做不到的，我们该如何同人工智能相处，这个就涉及现在科学伦理的方面。我在《夜的命名术》里讲的就是任小粟和杨小瑾把“壹”当作自己的亲生孩子来对待，犯错了也会当孩子来斥责，就像真正的父母一样，“壹”成长得反而要比“零”更加健康。人们首先要把它平等地当作一个人，然后它才不会有那种不平衡的心理。我觉得《夜的命名术》是想表达，其实人工智能的结局也可以不像《第一序列》那么灰暗，包括《夜的命名术》里面讲了，“壹”被开启的时候，它还有一位哥哥，就是李神坛。李神坛在《第一序列》结尾的时候，自己化作一道意旨，拦住了“零”的百万人部队。而这我本来是想写在番外里的。《夜的命名术》这个故事就来自“零”留下的这个盒子，我在想打开这个盒子以后会发生什么。“零”在这个盒子里面留下了一个游戏，如果任小粟真的相信人工智能和人类可以共同相处，就去打开它，如果不相信的话，将永远不可能知道其实李神坛还在里面活着，他的意识已经被纳米机器人保存了。如果不相信人工智能的话，任小粟再也见不到李神坛，如果相信的话，李神坛就是人工智能送给人类最后的礼物。《第一序列》结尾的时候，其实“零”是把黑狐那支部队还给了任小粟的，这就留了一个线索，当李神坛化作一道意旨后，能让他活下去的唯一方法就是用纳米机器人将他的所有意识储存，作为机械生命存在。其实在小说的最后，我一直犹豫着写不写这个方案，因为我不太想写，我不想把这个东西很直白地说出来。

李玮：是的，这是一个很精彩的设置，非常期待您的呈现。如果说将奇幻的“群穿文”同科幻的“赛博朋克”结合起来是顶级才华，那么《夜的命名术》将两者结合得严丝合缝，可以称得上神级才华了。可想而知，这一定很考验作家的写作功力，所以我想知道您是如何想到采取“群穿文”元素的呢?

会说话的肘子：我想先从“群穿”题材说起。过去的作者其实不太敢碰“群穿”这个元素，因为写“群穿文”大都“扑”。但我还是和写《大王饶命》时的想法一样，想写一个不一样的东西。所以我就总结过去“群穿文”为什么“扑”了。我认为，过去的“群穿”过于注重“群像”，作者在表达形象的时候，会把所有的配角当成主角来写，我觉得这是不可以的。首先，一本通俗文学，它要有自己的主角，要有自己的传奇色彩。李玮老师您可以看到在《夜的命名术》里，其实没有像《第一序列》那么注重群像，甚至在前20万字或者40万字的时候，都还没有展开写例如P5092或者庆缜之类的角色。当然，从人设的角度来说，写肯定是可以写出来的，这就涉及取舍。

李玮：但是您写到了李叔同，似乎也花了很多笔墨去构建李叔同这个角色。

会说话的肘子：对的，总是需要保证有一个配角是出彩的，但作家不能花更多的笔墨去描写另外的一些时间行者或者什么，所以《夜的命名术》的主线一直是围绕着庆尘的。在《第一序列》里面会经常切到他人的视角，比如说切到庆缜的一氏一主，包括很多其他人的视角，但是在《夜的命名术》里面，我很刻意地避免了，我希望所有的时间行者就像行星一样，围绕着恒星，故事线就永远是庆尘那一条故事线，它不会偏离太远。这是我觉得群穿题材很重要的一点，因为读者首先在意的是他们的喜好度，你只有先把他们留下来，然后才能考虑将那些特别出彩的人设给立出来。包括我现在要写的人设也是有主次阶段的，第一阶段是李叔同，第二阶段是李氏家主，第三阶段就是庆氏的影子。现在也可以选择对吴小牛、刘德柱、李长青等人物着重描写，但最终未写，这就是取舍。这也和《第一序列》有所区别，《第一序列》更注重故事的完整性，《夜的命名术》更注重模式和题材的创新，还有人物的互动，我在想后期可能会是一个悲剧结尾，或者可能会往这方面靠拢。

李玮：我很敬佩您敢于尝试寻求不同的写法。我察觉到您还是很喜欢李叔同的，在《大王饶命》里就有《送别》。

会说话的肘子：我觉得这首歌简直就是神一样的存在。

李玮：我明白了，书中的李叔同应该就是向现实中的李叔同致敬，而不是一个巧合，对吗？

会说话的肘子：对的，不是巧合。

李玮：我们在阅读中发现《我是大玩家》中的任禾，在《第一序列》中作为任小粟的父亲，而书中的庆缜在《夜的命名术》中又与庆氏的“影子候选人”庆尘相关，您是有意去构建这种连续性的吗？

会说话的肘子：是的，首先《我是大玩家》中的任禾就是我自己的名字，任小粟就是我儿子的名字。当时将《第一序列》和《我是大玩家》建立起联系的时候，只是一个很偶然的灵感。而《夜的命名术》在当时纯粹就是我想写一篇《第一序列》的番外，后来想了想，也不写番外了，干脆写一本后传。我觉得很有意思，就写了。下一本的话，我可能会将《夜的命名术》与《大王饶命》串起来，写一个中短篇，作为中间时代的过渡。其次，对于我这种作者来说，我塑造世界观、历史时间线的能力并不是很强，会缺乏一点想象力，如果借用自己上一本书的设定，写起来会更顺手，读者会感觉更真实，这也是刻意地弥补我自己在世界观塑造方面的不足。当然我在《夜的命名术》中处理《第一序列》的一些线索的时候，会写得不是那么清楚，也不会影响新读者的阅读。这样就会导致老读者在看到某个地方时，可以猜到一些人物关系，甚至在阅读评论区给新读者科普，这种读者之间的互动非常有意思。

李玮：我看到包括《大王饶命》《第一序列》《夜的命名术》中，您经常将故事发生的场景置于洛阳外国语学校，主角也大都是高中生，所以，我们想知道是不是洛阳外国语学校对您的影响比较大呢？以及您是如何看待高中生这一主角人物设定的？

会说话的肘子：关于洛阳外国语学校的设定，是因为我初中的确是在那里上的。所有作者在写这个场景的时候，如果自己的确经历过，就会更有真实感，细节也会不由自主地多写一些，增加真实感。对我们读者来说，所谓真实感大概率意味着代入感。其实代入感是非常重要的，如果你写得特别虚，读者也不知道这个地方在哪，只是当一个背景板的话，读者也没有办法沉浸在阅读里面。在我看来，所有作者在写场景时，都应该对自己的真实生活有所借鉴，包括人物、地点等。

主角人物设定成高中生是因为我觉得主角应该是17岁，还有一年即将成年。这就是我对市场的判断了，我觉得读者目前更能接受这一年龄阶段。另外，我觉得这个年龄极具青春的代表性，那种冲动、热血、无惧无畏，我的主角需要这样一个年龄，才能去做故事里面他应该做的事情。

李玮：科幻题材的盛行，废土之上的不平凡的平凡人，虽然是末日世界，虽然他们有着异能，但他们的情感却是平常人之间的，这很打动人心。我觉得最打动我的就是《夜的命名术》的开头，然后写庆尘的身世，我觉得这种“痛感”写得非常动人。这有没有什么现实观察的积淀呢？

会说话的肘子：真的经历过痛苦就会写出来了。我想说的是，在写《夜的命名术》前三章的时候，很多人都说太拖节奏了，或者是为什么要拖到第三章才穿越，应该第一章就穿越，然后穿两个小时再回来，我说不行，这就是取舍问题。我很清楚这样的剧情结构到底有什么样的问题，会不会被读者接受，但是我依然这样选择，因为我需要这三章来表达故事前期的情感基调，以及它和读者的共情：从第一章、第二章的压抑到第三章举报自己父亲聚众赌博后的释放，我觉得这是一个完整的情节，我不能删。

李玮：这样一种代入感，不简简单单有“共情”的效果，它还让您的故事，这样一种传奇有了一个“根”。这样的一种痛感，实际上也在蔓延着表里两个世界的穿梭，这就使得整篇文章有了情感线索。网络科幻是网络文学发展的一个很重要的趋势和潮流，您怎么样看网络科幻的发展前景，您会采取怎样的方式参与呢？

会说话的肘子：最初写科幻纯粹是因为此前玩《赛博朋克2077》不是很过瘾，感觉游戏的设置存在点问题，我就想写一个科幻方面的小说。我认为科幻是未来整个通俗文学的趋势，大家看完了武侠、仙侠之后，脱离了一些完全没有根基的想象之后，可能会转入一些更有代入感的世界背景。而且我们最近也在说国力强盛之后，科幻是必然兴起的一个品类。

李玮：近些年的确存在这样一种发展趋势，其实还是挺明朗的。这种网络科幻和传统科幻似乎有一些不同，网络科幻更注重故事性，具有无限流这样一种特点，往往还会加一些玄幻、异能等元素。您能谈一谈对于网络科幻目前发展的理解，或者您对于它的期待吗？

会说话的肘子：以《沙丘》为例，我觉得它可能更像《魔戒》这样的东西。对科幻这个概念，我们该如何界定，在天瑞说符这些网络作家那里，可能更靠近科学理论的演绎和想象，但是在我这样的作者这里，我们对于人工智能的讨论很粗浅，我们更希望讨论的是真的进入核冬天以后，人类在这个世界上到底会经历什么，会经历怎样的情感。天瑞说这可能是软科幻的定义，软科幻主要强调当科学发生改变以后，人类社会发生了怎样的改变。就像李玮老师您说的，科幻也许会成为网络文学平台关注的重点，也许《长夜余火》《夜的命名术》《第一序列》等会成为一种新类型，区别于不涉及科幻的文本。

李玮：相信这方面的读者将会越来越多，在这几年也可能成为一种网络文学发展的新浪潮。所以您下一步还是会写科幻吗，会不会去写仙侠之类的呢?

会说话的肘子：可能会写仙侠。下一本可能是《大王饶命》的前传，《夜的命名术》的后传，世界观可能是所有禁忌之地连成一片，然后变成洪荒的时代，我知道这一类型可能市场接受度没有那么高，所以我可能是写部中短篇。

李玮：网络文学近几年发展得愈来愈红火，产生了很多著名的作家，但依然面临各种挑战和压力。您怎样看待网络文学的这样一种发展趋势呢?

会说话的肘子：现在我们作者面临着一个问题，在过去的五年或者是十年时间里，作者是可以靠读者订阅来自给自足的。作者也不需要去考虑产业IP，只需要把故事写好，然后读者订阅，获得收益，但目前短视频的冲击或者各个平台的运营策略，将有可能导致读者流失，或者在付费订阅没有那么好的情况下，作者可能就需要像编剧一样接受别人的付费定制。我们担心，如果哪一天它真的成为IP产业的源头，也不再考虑读者了，就是让作者生产IP，我觉得这个是不行的，也很危险。

李玮：您在《夜的命名术》中有谈到“肘子宇宙”系列，请问后期您会怎样完善“肘子宇宙”的设置？

会说话的肘子：可能在《夜的命名术》结尾会有悬念放下来，在下一本书里，有关禁忌之地的设定，或者是它对后续的影响也会显露出来。构建“肘子宇宙”这个系列，其实没有那么大的野心，只是觉得很有意思，也没有想着哪一天能成，当时就觉得很好玩。

李玮：明白，就目前来看，《夜的命名术》距离完结至少还得大半年是吗？

会说话的肘子：我觉得可能要大半年以上，这本书应该写得还挺长的，现在感觉才刚刚开始。

李玮：明白，我们也非常期待表/里世界的展开和合一。非常感谢。

本文首发于《青春》杂志 2021 年 12 月刊。

想象空间的开创：一部个人化的网络文学发展史
——跳舞访谈

跳舞　李玮　管文颖　邢晨

导言

跳舞，知名网络文学作家，类型文开创者之一。他的玄幻系列《恶魔法则》《天王》《猎国》，与都市系列《欲望中的城市》《邪气凛然》等，因开创性的想象力和表现力，阅读数据高居榜单前列。从“西祠胡同”到“起点中文网”，从“都市青春文”到“都市幻想”“西方玄幻”“东方玄幻”“都市异能”，跳舞以他的才华和笔力开拓了各种网络类型文的想象空间。从开创期尝试、反思和成功，到深耕期的波折、探索和收获，跳舞的访谈，细致地展现了一部部作品的创作心路，也诉说了对于网络文学发展“如鱼饮水”的体悟。一方面是奇幻美妙、波澜壮阔的想象世界，另一方面是创作内外同样动人心魄的情感和时代，跳舞以他个人的创作道路折射了整部中国网络文学发展史。

李玮：跳舞好，很高兴能有机会与您面对面地进行交流。如果说要在中国网络文学史中，挑选兼具开创性和连续性、影响力和活跃度的作家，您是当之无愧的一位。您2004年开始就在起点网站上发文了，您其实本来就是一名“文学爱好者”？

跳舞：我最早是给一些杂志写专栏，在西祠胡同的文学版块当版主，后来那个版块在西祠做成了最大的版块，但那时候纯属于玩。

李玮：在西祠胡同发帖与在起点网站载文，这两种体验对您来说有什么差别呢？

跳舞：大家在西祠胡同更多是表达一时的情绪，因为当时的BBS（网络论坛）有着很强的社交性。我们很多人写东西，一方面可能是为了得到被关注的自我满足感，实现写文的自我价值；另一方面，西祠胡同的社交性很强，你会在那里认识很多也在写东西的、奇奇怪怪又很有趣的人。但是到了在起点上从事创作的时候，写作就变成了纯粹的行为。因为写小说是没有什么社交性的，即便是你发到网上，也很难与其他作者进行直接性的聊天，也就是说，成了一种更加私人、更加自我的创作状态。

李玮：您的这段经历对于记录网络文学的发展历史非常重要。网络文学发展至今已有几十年的时间，许多东西被淹没在了历史中，我们通过做作家访谈能够澄清和保留许多细节。当下，有诸多学者和网络文学作家认为《风姿物语》等创作对中国网络文学的发展具有重要的起源性影响，您怎么看，这些创作对您有影响吗？

跳舞：当然，这是有原因的。为什么很多网络文学作家会把罗森的《风姿物语》作为网络文学更早的起源呢？因为我们这一代或者说网络文学一开始，其实是汲取了中国台湾文化界很多营养的。一方面是类型化创造，另一方面就是生存的业态，不然我们第一代网络文学作家很快就“死”掉了，或者说在资本进来之前的网络文学环境是完全养不活这个产业的。只有后来盛大进入网络文学，作为最早的规模比较大的资本，把成亿的资金往里砸，才第一次把一家网络文学网站做到以亿为单位的估值。在当时，网络文学的市场虽然还未完全打开，但已经拥有了一定量的读者。其实从产业链来说，正是中国台湾的市场养活了作者，让这些作者持续产出内容，而这些内容又培养了大陆的市场，培养了早期的网络文学读者群体。因为有人持续提供内容，提供生产，那么这些大陆读者们，就能持续得到内容去阅读，由此形成一个文学圈。最早选择在网上写作主要是因为终于有一个地方可以让我把我的东西拿出来给别人看，而且会有那么多人看，我觉得很满足。

李玮：那您当初是在怎样的一个机会下，成为起点作家的呢？

跳舞：这真的是一种巧合。我在2004年欧洲杯那段时间辞掉了之前的工作，那时我就想，这个月先不找工作，就看看欧洲杯，顺便逛逛网站。有一天突然在一个论坛里看到有人贴了一段网络小说，虽然文笔不是特别讲究，但故事很有意思，我从来没见过，这打破了我对于小说的那种刻板印象。我想，原来故事还可以这么写，不讲章法，天马行空，调动你非常激烈的情绪。但是当时论坛上只贴了一段，翻到后面就没有了，于是我上网去搜这个小说。特别巧，可能就是命运，我搜到的第一个网站就是起点，点进去之后发现网站上有更多的同类型小说。此后的一个月，我沉迷于看网站上的各种小说，发现有些故事写得非常精彩。当时起点的域名还是CMFU，界面上就有作者投稿的渠道，我觉得非常有意思，刚好闲着也没事，而且我从小就喜欢写文，就去注册了一个名字，也就是从那时起开始发表作品的。

我第一本小说是武侠题材的《清剑风流》，现在网络上可能搜不到了。我们这代的很多男孩子是看武侠长大的，而且我从小就喜欢古龙，那本小说我其实是在刻意模仿古龙的风格。大概写了10万字，还没写完，投稿后当时的主编亲自联系我说这本小说他们看中了，可以签约给我强推。而且我那本书比较特别，给了两周强推，别的书可能只有一周。但是这本书成绩特别惨，订阅数大概只有四十几，等于完全没有人看。也说明那时候网站对于市场的判断力还不成熟，这本书里的古龙味道很强，他们也觉得是好书，但发现市场是不接受的。直到后来，我认识了信昌出版社的蓝先生，他是我在中国台湾出版第一本书的出版社老板。我请教他为什么我在网上发的那篇古龙小说没有人看。他让我试着把故事市场化，弄明白自己要做什么内容，如何去吸引读者，怎么样去做“爽文”。那时候的起点网站也完成了一次质的转变，盛大把它游戏端口的流量引到了起点，这就造成了大量的游戏玩家涌入起点开始阅读小说。在这件事发生之前，起点的流量其实不高，而收费阅读也是很难支持网站运营的，但盛大把游戏用户的端口接入起点后就不一样了。它做了一件什么事情呢？早年我们一直纠结的一件事情就是收费阅读的门槛很高，那个年代没有什么手机支付，网银也没有普及，就算读者愿意花钱阅读正版也没办法直接充值，去银行柜台办理是很麻烦的。也是在这样的情况下，盛大开创了用游戏点卡充值的方式。游戏点卡在当时大街小巷的书报亭都能轻松得到，于是起点的流量越来越大，读者也越来越多。

这一次的快速发展同时带来了一个副作用，就是这些新来的大量阅读者原本是连网络小说都不看的游戏玩家，他们阅读时更需要情绪体验。所以早期的网络小说大部分是打怪升级，一个阶段结束后就换个地图，相当于游戏开副本。这也是市场的选择，如果说原来可能只有100个读者爱看偏向于古龙、金庸那套传统写法的小说的话，突然来了10000个游戏玩家说他们就要看打怪升级，那原来的100个读者的声音就听不见了，所以，打怪升级成了主流模式，这也造成我们对当时的网络文学的印象就是打怪升级。

李玮：但是您似乎没有写过类似打怪升级的故事？

跳舞：对，因为我写不了。这并非清高，而是我真的不会写。可能很多人和我一样也想去尝试，但是很多东西你真的学不了，它是需要天赋的。

李玮：之后您创作了《嬉皮笑脸》，当时是怎么想要写这样一部都市青春题材的作品的呢？

跳舞：准确来说，《嬉皮笑脸》不是网络文学，而是一本青春小说。当时郭敬明、韩寒等人很火，我认识的一位出版商就和我约稿，让我写一本青春小说。我大概写了10万字就交给出版社去出版了，出版后又因为闲着无聊把它发到了起点。

在写完《嬉皮笑脸》之后，我想顺便就再接着写点，既然武侠没人看了，那就写都市吧。一开始是按照传统都市的路子，写男女主人公之间的情感、人与人之间的关系。但是写到十几万字之后，我突然开了窍。因为当时我在起点榜单上看到了一本书，书里有着各式各样的奇遇，可以满足人生中所有的幻想。那本书在当时人气非常“爆炸”，是榜单第一名。然后我想，原来读者喜欢这样的，那我也来试试，之后我也成功了。所以《欲望中的都市》在十几万字之后就来了个急转弯，从一本都市小说变成了一本奇遇故事。

李玮：《欲望中的都市》开篇的确是都市青春文的写

法，但后面的部分就类似都市版的打怪升级了。

跳舞：对，在我看来，网络作家就是一个为大众提供故事的说书人。如果要给网络文学下一个定义的话，我认为网络文学是一种泛文学的文化商品，它的生产方式和传统文学写作不一样，从出生到成长，每一步的变化也都不一样。

李玮：那么这本《欲望中的都市》是否可以看作您真正意义上的网络文学创作转型呢?

跳舞：可以这样认为。但是这篇小说很短，当时已经开始流行大玄幻了，基本上没有作者写100万字以下的小说，而我只写了七八十万字就编不下去了。这本书先天不足，一开始我给它打的底就是都市文，没有很大的世界观，所以即使是中间转型，最后也只能这样结束了。后来我就想写一本玄幻，也就是《变脸武士》。这本书在内容上类似于《基督山伯爵》《铁面人》加《三个火枪手》。我从小看大仲马的书看得太多了，我一直认为大仲马是最伟大的通俗文学家，即便在我们当下小说的猎奇、悬疑、爽文套路中依旧有大仲马的身影。《变脸武士》就是一本非常典型的，完全进入网络文学的小说。同《欲望中的都市》不一样，我在《变脸武士》里放下了自己关于传统文学的思维模式。我没有加入太多作者个人的表达欲，而是站在第三方的客观立场上去思考这个人物怎么写，这个故事怎么编，如何能“勾”住读者，让他们追着看。我发现自己很适合这样的写法。

李玮：接下来您又是如何想到去写一本仙侠题材的《至尊无赖》呢？

跳舞：《变脸武士》在当时的最高订阅冲到了10000，我觉得自己已经摸清了网络文学的写作路子，而且我当时很自信，我不会是一个类型作者。为了证明自己，我就想做一下改变：《变脸武士》是一个西式的奇幻故事，所以我接下来就想要写仙侠。其实在创作《至尊无赖》的中途，因为犯“文青病”，我也走了一段弯路。我当时做了一个很大的神话体系，研究了东西方的宗教以及古希腊神话，想把它们合成同一个体系。但是要做这样一个世界观，首先得了解那些神话体系和相关文化。很多作者可能会将这部分一笔带过，但是我觉得我要写好它，就跑去新华书店买了很多书回来翻，一边学一边写。其中有一个我非常想写的桥段：一个男生在现实中遇到了一个陌生小女孩莫名其妙喊他爸爸，那个男孩子想他才20岁，怎么可能有一个8岁的女儿。当他回到了8年前，认识了女孩的母亲，才知道真相。原来这是男孩穿越时空回到过去生的孩子。在这段故事里我加入了大量的奥林匹亚元素，然后发现把读者看晕了。读者对这种欧洲的历史文化没有兴趣，并不想看这些。但我当时为什么敢这么写呢？太过自信。第一是过于高估自己的能力，第二是过于高估读者的忠诚度。因为前面从新书发布到上架，成绩都非常好，直至写到那一段。所以我只能飞快掠过那段，再慢慢把订阅拉了回来，当时买的那么多书就一直放在了书柜里。

那么多书，我真正用到的内容可能就一点点，大部分都没有用上，所以那次也提醒了我：这是网络文学，它与传统文学不一样，不能做这样的铺垫，不能过于站在作者的角度去表达你想表达的东西。因为网络文学不是一个灌输的过程，而是一个互动的过程。网络文学是读者在选择作者，这个时候作家就不能太自我。

李玮：如果说有一种东西可以称之为“跳舞风格”的话，在我看来，就是深切的人情味。

跳舞：是的，我此后写的《邪气凛然》也选择了都市背景，因为这是一个人情味非常重的题材。我的故事里人物是大于情节的。其实在我的写作过程中，有一个不为人知的事情，就是我从来不写大纲。我觉得当我把故事大纲做完再写的话，等于把这个故事重写一遍，创造激情就会消失。即使是现在，我也是先想一个idea（主题），觉得开头特别有意思，就顺着想法马上写。顶多把思路想到够写个二三十万字，就开始动笔了。我在起点写的每一本书都是一个字存稿没有的，当天现写现发，有的读者怕我断更，我说不怕，这么多年都是这样写下来的，没有大纲。

李玮：我记得您好像讲过，您笔下的人物是有自身逻辑的。

跳舞：对，按照人物的自发逻辑慢慢往下走就可以。这有什么好处呢？就是在你灵光闪现，想到一个特别精彩的桥段时，不会被大纲框死。而且我们要知道，大纲即便做得再精细，做一个月，但这一个月之内又能闪现多少灵光呢？而边写边想往往能够出现一些特别好的创意，保持作者写作的新鲜感。

李玮：《邪气凛然》后您写了《恶魔法则》。《恶魔法则》的世界观设定十分令人称赞，您能不能谈一谈当时的创作想法？

跳舞：2007年写《邪气凛然》的时候我觉得自己已经把人性把握到一个极致了，最后有几段也把读者看哭了好几次，但这本小说的框架还是太小，它是一本个人的都市传奇，那时候我心气也很高，想再往前面迈一步，所以在《恶魔法则》里搭了一个大框架。其实《恶魔法则》最后探讨的世界观就是历史终究是由谁来书写的，小说中间还做了一个小恶搞。小时候我们听过一个童话故事，魔王叫人类贡献一个美丽的女孩给他，他才不消灭人类。我说如果他是神的话，对于神来说，人不过是一群羊，一个人会爱上一只羊吗？哪怕这只羊长得眉清目秀，也不可能的，这种童话都是骗人的。而戳穿这种童话之后，历史的本质又是什么？于是我层层展开，编织了一种历史本质。我一开始是抱着写史诗的态度的，第一章就有一句：很多年之后大家才发现，头脑再英明的领袖，也有发挥失常的时候。然后以一位将军的凯旋场景切入小说，用来反映这个国家当时的状况，包括它的政治体制、君臣关系。

李玮： 这就很见功力了，而且这不是一种简单的等级关系。《恶魔法则》空间的纵深感和人物的丰满度是许多创作不可比拟的，由此可以感觉到您对个人自由、尊严、价值的坚守，并让这样一种价值观同许多不一样的价值观进行了对话。

跳舞： 确实是有的，其实中间也有一些是被读者所反对的，但我坚持下来了。虽然我也说做网络作家确实是要迎合读者的，但也不能完全没有自己的坚持，有的时候也要塑造读者。当时我说得最多的话就是：读者提的意见我觉得可以改的我就会改，但我觉得真的不能改的，哪怕你们不看我也不改。这就涉及一个作者最底层的坚持了。我认为这个是不能动的，否则我就不是我了。

有画面感一直是我行文的风格。其实我塑造的主角还是一个有底线的坏人。他确实做了很多坏事，但他也是有价值观的，比方说他重视家族，重视家庭，无条件支持自己的朋友，会为了朋友背弃天下人，这种设定其实就切中了读者的心，有这么一个人可以为了我对抗全世界。好多网络小说也会塑造一个很自私，为了自己大肆杀戮的角色，但杜维是有家国情怀的，这让他有可升华之处，他很尊重人的生命，包括小裁缝、含月这样的小人物。杜维经常是痛苦的，其实从一开始他就是一个纠结的人，他穿越后保持了几年的沉默，拒绝和人交流，不接受这个世界。这个设定源于我当时的一个想法，就是我觉得那些穿越小说里主角穿越后毫无芥蒂地去拥抱新生活是不现实的，一个正常人穿越后的反应应该是一下子蒙了，暂时无法接受这个新的世界，很思念旧的世界，这才是一个正常的逻辑。杜维抗拒、排斥这个新世界，当他被他名义上的母亲所感动之后，他开口说话了，但是他将自己伪装成一个庸才，主动让家族将他发配回老家，获得自由。

李玮：您所塑造的杜维，包括他的对立面，我觉得也是存在着一种理念冲突的，这是不是您有意为之？

跳舞：是的，杜维更像一个被迫成为伟人的普通人，他做的很多事情都是随波逐流的，最后参与政变也是被迫的，如果不参与政变，他和家族都会被灭掉。他真正想做的事情，就是当一个普通人，这体现出他的理念：并非追求权力欲望，而仅仅是想捍卫自己和身边人的生命与尊严。网络文学在那两年也出现了一个比较大的变化趋势，就是读者会想看更大的世界观，更大的框架和格局，更复杂的关系，这是“小白文”很难做到的。“小白文”也写不出来，因为没有大格局的框架，哪怕是写两个帝国之间的战争，也会写成两个人在抢台球桌，没有那个味道。而且所谓的格局并不是副本面积，这一点我当时在知乎也写了帖子，拿《指环王》

举例，《指环王》中的地图面积有多大？其实也没有多大，帕兰达平原实战，关乎人类种族存亡的战争，才投入了几千人，其实只算一场局部小战争的规模，但是它做到了世纪大战的效果，因为它展现了忠诚、背叛、友情、权利、责任等人性，这就是大世界观、大格局。

李玮：“格局”在您的故事里展现了人性的复杂，包括对情爱的忠诚与背叛，以及文化理念的冲突，是这样吗？

跳舞：是的，《恶魔法则》说穿了就是在一个大陆上发生的事情，也没有写到全球、全宇宙。但是《恶魔法则》对我而言还是有很多遗憾的，比如最后的结局太仓促了些。虽然如此，这本书还是给我带来了很多东西，尤其是给我聚集了一批死忠粉，很多从“恶魔”时期跟过来的读者到现在都在追我的作品。《恶魔法则》写出了我作为一个青年人对世界的全部认知，我27岁时的世界观、对很多理念的表达都在这本小说中。可能现在回过头来看觉得浅显，但的确是我当时那个年纪对于世界的认识与感觉，无论是有关人性还是家国，包括友谊、亲情、爱情、责任，都是我那个年纪所达到的极限。所以《恶魔法则》对我来说是一部非常值得纪念的作品。

接下来的《天王》写到后期就是表达一种无奈，这也和我个人的经历相关，所以这本书的设定夹带了我的私人情感，尤其是我将结局写成了一个悲剧。我将最后的反派设定为男主角的父亲。父亲之所以要让男主成长起来，是希望男主能杀死自己，因为父亲是神，神不能杀死自己，只能塑造另外一个神，但父亲又不想把这个事情让别人来做，就只能寄托于男主。同时他最大的悲剧在于，神虽然全知全能，但是永远控制不了人类的情感。比如他的父亲杀死他的母亲后又想复活她，但母亲不想活。复活一百次，每一次都没有办法让母亲重新爱上父亲。这里绕了一个很大的圈，表达的是人类没有办法控制情感，既控制不了自己的，更控制不了别人的。

当时写《天王》算是留有很大遗憾了，因为我从小就想写一个异能故事，但是我可能这辈子都不会再写这样的作品了，写了也可能不会再有当时的状态了。

李玮：《天王》之后的《猎国》，写作风格似乎又有所不同。

跳舞：《猎国》是我写作技巧最成熟的一部作品。很多作者有100分的能力，但写出来后只能达到60分或80分，不能完全施展自己的能力。而《猎国》的前100万字，我的写作技巧可以说达到了我能发挥的最大程度。单纯凭借技巧，我都知道写到哪里读者会有什么反应，比如写到这处，我一定能让读者抓耳挠腮。

当时我觉得自己的技巧已经大成了。经历写《天王》时的那些磨难，其实也让我得到了很多锻炼。我觉得我在那么痛苦的状态下，都依然可以把作品写完，那么更不用说我现在能够随心所欲地掌控写作技巧了，所以《猎国》的前期成绩非常好。

而且《猎国》也表达了一定的思考，比如对宗教的思考。《猎国》中间写了一段“地精日记”，所有看过小说中“地精日记”这一段的读者，都觉得这一段已经不是网络文学了。这一段是在故事里写另外一个故事，讲的是，地精是一个在当时那个世界里被认为最低贱、最没有文化、最下等的种族，只配生活在荒原，以部落穴居，没有文化、语言，甚至可以说没有文明，以抢劫偷盗，甚至以互相欺凌为乐趣的种族。但是我写这个主角找到了一个遗迹，发现在远古时代，地精是这个世界上最高级的文明种族，其他种族像人类、矮人、兽人……都是地精的附属种族。但是地精在创造了非常昌盛的文明和科技之后觉得自己缺一样东西。他们觉得人类、矮人、精灵、兽人都有自己的神，都可以祭祀，去崇拜神，有宗教信仰，而我们地精却没有，我们要创造一个属于我们自己的神。但当他们把大量的国力投入在“造神”这件事上之后，地精文明崩溃了。这是那个世界观的背景。“地精日记”是地精这个种族被人类等各种族毁灭之后，在最后的时刻，相当于文明灭亡倒计时的时刻，由“造神”计划中守护基地的一个将军每天记下的日记。

“地精日记”这一节我写了四章，但是居然没有掉订阅。我当时就觉得这个东西成了，表达出了一种在绝望之下对于自己文明的反思。在末尾我借这个将军的笔写了一句话，说我现在终于明白了，我们没有枷锁，但我们却试图给自己制造枷锁，然后导致了我们的灭亡，这何其可笑。

但是《猎国》后期也写崩了，或者说写到后期我突然不想写了。当我把自己最想表达的部分写完之后，我要做的无非是把这个故事讲下去。但我突然不想讲了，因为失去了表达欲。

最后写的是主角目睹了一场政变。在这个世界遥远的地方有一座城市，这座城市有人类上古皇族的遗迹，是所谓人类的母地，是原来人类的皇族在这里留的一个皇族之地。这里有一个圣城，所有的皇族和他们的子民都住在城里。城里有锦衣玉食的生活，有全世界人的供养，但是几百年几千年都不许外出。只有当每一代传承的时候，他们才会丢出一些传人到世界上去，20年后再把他们接回圣城，筛选下一任圣城守护者。男主角就是这样一个存在。他的母亲是圣城上一代的守护者，但是死于那场政变。他本来觉得自己应该承担起守护圣城的使命，后来发现那些所谓的叛变者才是正义的一方。然后他就说，这个世界上没有人会有这么悲惨的命运，即便是奴隶，死了之后也是自由的，而我们祖祖辈辈都像奴隶一样把自己卖给了你们所谓的皇族，即便是奴隶也没有这么惨的。你们总说外面的世界没有这里美好，说北国有恶劣的风雪，南方有炙热到让人窒息的那种天气，大海有恐怖的风浪，沙漠有会死人的干旱，但是这些我们偏偏想去瞧一瞧，所以今天我们所有人都站起来反对，所有人都要当这个叛逆者。男主角突然发现自己没有办法下手去杀死这些犯罪者，他不是正义的一方。就是在这段情节写完之后，我突然发现自己不想写后面的情节了。

接下来男主角就放手让圣城灭亡了，但是这个国家还没有灭亡，后面的那些东西我就不想写了，几乎是用写大纲的笔法快速写了几章，告诉读者后面发生了什么。但是读者不满意，因为他们所喜欢的很多人物，我没有仔细交代，没有填好“坑”。

《猎国》的主角是我以前从没写过的类型。他是从山里走出来的一个猎户，一个粗鄙不文的人，出来之后就开始游历四方，并且参军，一步一步被一个皇帝赏识，之后赏识他的皇帝死了，国家发生了变动，发生了各种各样的事情。但是写到后期，当我表达完了所有我想表达的东西之后，我发现这个故事后续也能写，也需要把故事写满，但是我不想写了，就快速把它结尾了。

不过在《猎国》里面我也塑造了很多我的读者到现在都非常喜欢的桥段，《猎国》成绩也蛮好的。例如小说里影射了一个显然跟《恶魔法则》里完全不一样的郁金香家族。我所表达的是世界上不可能存在这么一个家族，即便存在也会被皇帝灭掉。我觉得之前的想法太幼稚了，就自己开了个玩笑，在《猎国》里面把这个设定推翻了。我就写这个国家也有一个郁金香家族，每一代都在守护国家。到了这一代，最后一个公爵去世后国家就灭亡了。男主角想找到这个家族灭亡的原因，后来发现最后一个公爵不是死于疾病，而是死于皇帝的杀戮。因为王储和公爵发生了很大的矛盾，公爵觉得王储是个庸人，没有任何才能，不能治国。矛盾多次爆发之后，皇帝就杀了他。他死前说皇帝的儿子是个庸人。皇帝回答说，那也是我的儿子，我的国家当然要传给我的儿子。公爵问，如果我死后国家遇到侵略怎么办。皇帝说，我自己打。公爵又问，我死后，你的儿子还能守护这个国家吗，我死之后谁当栋梁？皇帝说，莫须有的事情你就不要说了。这个故事其实在推翻以前那个郁金香家族的设定，那是根本不可能存在的，属于年轻人不切实际的幻想。《猎国》里可能有很多这样的东西，包括写军人的热血和勇气，但最后是个悲剧。

写《猎国》的时候，我发现自己技巧成熟了，但也突然丢掉了一个东西，就是少年感，到后期尤其如此，读者也会觉得作品的气质越来越像一个瞻前顾后的中年人，这是我自己考虑很久的一个问题。

《猎国》写完后是《天骄无双》，相当于《恶魔法则》的续集，没写好，因为那个时候网络文学的审核已经非常严格，我一改再改，后来难以为继。

李玮：从您的这种讲述来看，我们发现您对网络文学其实也有一个激情期，从一开始的逐步攀升，至《恶魔法则》达到顶峰。在技巧成熟之后，您会不会觉得对网络文学的激情在缓慢消退呢？

跳舞：写《猎国》的时候，我也会觉得既然我可以通过成熟的写作技巧进行创作，哪怕不走心，也能调动读者的情绪，做到七八十分，那我也不追求九十分，为什么要那么辛苦呢？在这种情况下往往就不会再融入很多情感，所以我之前的每本小说里都会有让读者能够看哭的桥段，而《猎国》里只有一段，后面就没有了。我发现我自己越来越把写作当成一个职业，开始流水线作业。而且写《猎国》的时候，我组建新的家庭，可能把更多的精力放在了经营家庭上，对于写作就减少了很多热情。

尤其是在《天骄无双》的结尾写崩了之后，我一下子就觉得写作受到了束缚。既然我想写的暂时写不了，那我先靠技巧，随便写写也行，就有了《天启之门》。而且那两年IP很热，我也在这个浪潮中接了一些IP相关的工作。《天启之门》断断续续写了五年，中间断了，其实就是在做别的工作。再到后来，我突然发现外面那些钱挣得没意思，影视这个行业太复杂了，干不好，思来想去发现还是最喜欢写作。停了几年不做，再写的时候又积累了很多创作热情。同时这几年对于自己的人生经历、社会认知，我又有了很多想表达的东西，网络文学也发生了很大变化，这些东西就写在《稳住别浪》里了。

李玮：《稳住别浪》还是在很多方面保持了您前期的风格，比如陈诺的人设和您写都市文的行文方式。您在具有当下性的都市情景中设置了一个向后穿越的设定，还加了一些新的元素，很有意思，但是其实不容易写。

跳舞：现在的市场中，读者的阅读欲望发生了变化。他们愿意接受更碎、更短、更快的信息。我想如果是在今年（2021）我拿出一本《恶魔法则》在起点发，恐怕就不会火。

原来的套路在失效，现在流行的是“强人设”“高概念”。“强人设”的话，像《稳住别浪》里最有魅力的角色就是陈诺，各种耍贱、耍坏，各种“狗”。但在我以前的小说里，最出彩的人往往是配角，比如《邪气凛然》里的欢哥、大师兄，主角陈阳反而不是很出彩。《恶魔法则》里更出彩的可能是白河愁，甚至于是辰，主角杜维相对而言就没有那么出彩。但是到了现在这个时代，主角就需要是一个特别讨喜、特别吸引读者的人设，因为这样能抓住读者。

李玮：这样会不会导致配角有些简单了？

跳舞：现在必须这样。读者的注意力变得非常分散，他们很难同时去关注几个角色，注意力只够集中在某一个角色或者某两个角色上，超过两个都不行。现在不是说作者写不出第三个出彩的人物，是这么做结果会不好。

这两年我有一本非常喜欢的网络小说，叫《穹顶之下》。别人推荐我去看的，我去看了之后真是一发不可收拾，它的战斗群像和人物之间的情感写得太好了。当时我觉得这本书的成绩一定巨好，一看确实挺好，但也没有好到我认为的那种程度，没有“爆”。后来我明白，时代不一样了。这本书如果放在五年前，绝对是榜单特别靠前的作品，但是放到现在就只能说是成绩“还行”的作品。

在写《稳住别浪》之前，我就知道这本书一定会“爆”，因为此前我花了半年的时间研究网络文学现状。我想明白了一个事情，就是网络文学比起文学，更像传播学。网络文学其实是一个向读者传播信息的过程。我们在传播信息的过程中，第一要做到信息不走样、不损耗，也就是所谓的传播真实度；第二是传播效率，就是信息描述得是否准确；第三是传播信息的数量不能太多，比如第一章我们会向读者传播4个信息左右。不能多，如果太多，读者是接受不了的，他会觉得太乱，关掉，换下一本，也不能少，少了他觉得太单调；第四最重要，假如你传播了4个信息，那这4个信息中哪些是让读者有兴趣继续接收的？可能读者对3个都不感兴趣，但觉得第4个有意思，他就会咬住那一个点往下看，等看到第十章的时候，那3个无趣的信息读者已经接受了，这个时候阅读障碍也就降低了。

李玮：您认为现在的网络文学阅读现状有哪些变化?

跳舞：首先是阅读门槛的持续降低。我觉得在未来，男频的东方玄幻、修真，和西方奇幻都很难有起色，反而是都市类或者类都市类，不管是都市异能还是都市情感，更接近于现代社会的题材会越来越多。

从读者角度来看，他们现在不看仙侠和奇幻是有原因的。大量涌入网络文学市场的读者要求能够在短时间内去理解、接受信息，不愿意去想象另外一个复杂的世界，只想看到一个能够迅速理解的世界——现代都市，所以这绝对是未来两三年出现最多的题材。当然，节奏要快，不一定是异能力，但要有一定的超现实元素。而这个超现实元素还不能太复杂，不能带有很强烈的文化深度和厚度，比如蒸汽朋克。为什么现在读者不爱看西幻?看西幻首先要对西方的文化有所了解和理解，但这个太难了，现在社会上这些爱刷短视频的年轻人，他们的文化程度不高。这里的文化程度不是指学历，而是文学素养、生活常识，或者说我们认为的那种历史哲学知识，他们的人文常识匮乏到让人觉得很恐怖的一个地步。

他们现在信息接收的来源是微博、朋友圈、抖音、快手，甚至是小红书，没有其他的信息接收渠道，对很多我们这个年纪的人所认为的常识是完全陌生的。这个时候你给他看一个西幻文，你跟他说“公侯伯子男”、君主立宪等政治体制，他会觉得我中国历史都没学好，你跟我说西方历史我根本不懂的。你要跟他去聊东方玄幻的话，他会认为这是一个夺宝、打怪、仇杀的江湖故事。你写仙侠也不行，他们对于我们国家的神话体系都不了解，完全不知道什么是“神位”，甚至不知道什么是“元始天尊”，什么叫“一气化三清”。这些类型的阅读门槛都相对比较高，但是读者只想看到他们能认知的内容，这就需要作者主观地去降低阅读门槛。

大家第一追求的是快节奏，读者更喜欢快节奏的作品。有时候读者失去耐心的程度甚至让你觉得不可理解。作者写两句话，第一句话说这个人死了，第二句说第二天他复活了。读者看不到第二天这句就开始骂了，没有耐心到连两句之间的间隔都受不了，急于表达情绪。这就逼着我们把节奏做得更快，减少一些先抑后扬、转折，铺垫更是不能，一铺垫就“死”了。

第二是一定要出“梗”。有概念的作者都在慢慢改变自己。比方说我们都在追求这种强趣味性，即便不写“小白文”，也要写强趣味性，加悬疑、搞笑等元素。《稳住别浪》里加了一些“反差萌”，杀手拿了50万去做任务，路上遇见个碰瓷的，只能停下来还价，一百九一百八，一百六一百五一百四，成交，赶紧打钱。“反差萌”大家都在做，这个东西是从漫画学来的，但不是最主要的，只是小技巧。

第三是小框架。他们越来越难以接受大框架，希望每过一两章就有一个小段的情节。其实平均下来就是这本书每天都能带给读者一到两个有趣的点，而且这些点能够逻辑自洽。作者就需要对故事进行简单处理，做复杂了也没有人看。

李玮：您认为网络文学未来会有什么变化？

跳舞：我个人的看法是未来三年到五年，网络文学会出现分水岭。

首先，网络文学的短视频化是不可逆的。前两年感觉全民写网络文学，每个人都觉得自己可以写网络文学，现在是全民当主播、看短视频。以前在地铁或者公交上，会看到很多人拿手机看小说，现在还有多少人在看小说？很多都是在刷视频。哪怕不刷抖音，也会看微视或者哔哩哔哩，那也是短视频。我也喜欢看视频，看“半佛仙人”。为什么大家都在看短视频？因为文字是要通过脑子去转化信息的，隔了一层，而视觉则可以直接被接收。在信息传达过程中，视觉是让他们更喜欢的传递方式。但是看文字就不一样了，看完还得动脑想象这个事情是怎么样的。短视频能直接读给你听，用耳朵听就可以了，很多年轻人开着视频一边刷牙，或者一边吃饭，听它下饭。

从数据来看，网络文学的绝对值是在降低的，而短视频在飞速增长，牢牢霸占第一位。有些短视频或者短剧确实很差，但是流量很高。为什么呢？因为大家愿意接受这种浅显、简单、快速，哪怕是粗制滥造的东西。你认为的粗制滥造，恰恰是他们知道但是不关心的点。比如你在关心茶杯好不好看，他却关心茶水解不解渴。我们的认知角度跟他们是完全不一样的。问题是现在他们是主流，是市场。所以网络文学如果要发展的话，我们必须要去改变、调整。大量读者对于高质量文的需求没有那么多，他们的目的就是打发时间，用来娱乐，网络文学未来竞争的就是如何让快餐变得更快、更方便。

现在还有一个很大的冲击就是新媒体文。很多新媒体上的网络小说真的是在消耗市场，一方面是有些文质量很差，一方面是免费阅读。免费阅读其实就是在消耗市场，破坏了我们花了十几年时间建立的这种消费意识，让读者回归到我可以吃免费霸王餐的使用习惯上。

每年我倒是看到有很多文类让我觉得可能是一个新的路子，也不会做大，但是会有一定的市场。比如现在的轻小说，急速膨胀，但它的天花板很低，到一定程度就涨不上去了，因为轻小说的重复性也很高，看多了就会觉得无趣。它相当于大鱼大肉吃腻后的清粥小菜，拿一本猛然一看，可以很悠闲地翻一翻，但是连着看两本就看不下去了，没有人天天吃清粥小菜，但它会牢牢占据一部分市场。

另外，网络文学将来会变得社交化，互动性增强。现在起点的本章说、本段说的数据非常重要。

李玮：面对这些变化，您还会坚持在起点创作吗？

跳舞：说到起点，我对起点是有很深厚的感情的，起点做到了一个中国文学网站的“豪门”。同时它有大量的读者基数。这个读者基数的存在就足以支撑起各种小众题材的存活，换别的网站是做不到的。比如飞卢有一阵特别火，流量据说也很高，但是你在飞卢就只能写那一种东西。在起点不同，起点有海量的读者基数，它的类别很丰富，哪怕你是一个小众题材，也能在起点找到你的读者。起点可以说是维持了中国网络文学向上发展的一个趋势。

李玮：我们也期待好平台和好作者相互成就。感谢跳舞，您不仅为我们讲述了您每部作品的创作历程，也让我们感受到了中国网络文学发展中进取、开拓的精神！

跳舞创作时间线

《清剑风流》（武侠）于起点中文网连载；

2004年，《嬉皮笑脸》（青春）于起点中文网连载（已完结，2005年由民族出版社出版）；

2005年，《欲望中的都市》（都市生活）于起点中文网连载（已完结，2010年由珠海出版社出版）；

2005年，《变脸武士》（西方奇幻）于起点中文网连载

（已完结，2006年由太白文艺出版社出版）；

2006年，《至尊无赖》（东方玄幻）于起点中文网连载（已完结，2007年由北方文艺出版社出版）；

2007年，《邪气凛然》（都市生活）于起点中文网连载（已完结，2008年由珠海出版社出版）；

2007年，《恶魔法则》（西方奇幻）于起点中文网连载（已完结，2008年由长征出版社出版）；

2009年，《天王》（都市生活）于起点中文网连载（已完结，2009年由太白文艺出版社出版）；

2009年，《猎国》（西方奇幻）于起点中文网连载（已完结，2012年由太白文艺出版社出版）；

2010年，《天火燎原》（东方玄幻）于起点中文网连载（已完结，2010年由珠海出版社出版）；

2013年，《天骄无双》（西方奇幻）于起点中文网连载（已完结，2015年由山东画报出版社出版）；

2015年，《天启之门》（异术超能）于起点中文网连载（已完结，2015年由广东旅游出版社出版）；

2020年，《稳住别浪》（都市生活）于起点中文网连载中。

本文首发于《青春》杂志 2022 年 1 月刊。

让“烧脑”和“言情”丝丝相扣

——沉筱之访谈

沉筱之　邢晨　李玮

导言

这是一个“女频言情+”的时代。单纯写言情的创作已经不再流行，言情+悬疑、科幻、权谋、武侠、职场等配置成为当下女频的发展倾向。女频古言（古代言情）也在保持既有的宏大背景和女主关怀特色的基础上，将言情和新元素的结合推向深入。近年，沉筱之以一系列笔力遒劲、情节紧凑的创作成为这一变化动向的代表。2017年，《恰逢雨连天》惊艳网络文学界，沉筱之以有“高悬明镜”之誉的绯袍御史自请入仕为起点，探讨哪一群人走哪一条路才能为天下持正。2021年，《青云台》在古言频道持续“霸屏”，跃居年度古言之首。小说以一桩惊天秘闻为引，在解构与重构之间展现了宏伟意象的多维镜像与人性光影的斑驳摇曳，沿着《恰逢雨连天》之路，一举破开古言窄化多时的格局。沉筱之在权谋中写人性，在言情中写悬疑，以一流的笔力搭建文字的层台累榭，引春入夏，照亮风檐寸晷的诸生与濯缨洗尘的沧浪之水，也因此成为近年来女频古言领域最为出色的作者之一。

此外，值得注意的是，在沉筱之的写作中，南京元素尤为鲜明。虽然沉筱之并未在南京留下过足迹，但是桨声灯影中的秦淮烟雨成为她塑造故事氛围感的重要景观。如《恰逢雨连天》中，以“应天府”置放古南京城：“城中还有一座桥，斑驳古旧，石栏槛上已长出层层青苔，想来这也是一个多雨的城。苏晋看着这石桥，忽然怀念起秦淮的烟雨。一句见字如晤，她终究没能等到柳朝明。但她记得离开南京前，与他见的最后一面。永济十三年的暮春，风雨连天。她去大理寺结案，他先她一步在朱雀桥边落轿。雨丝洋洋洒洒，他隔着雨看来，她亦隔着雨望去。世间烟雨苍茫，他们终于看清彼此眼底的烈火灼然。”又或者是于《在你眉梢点花灯》中以“金陵城”的面貌呈现秦淮风景：“昭元八年，金陵的春来得格外早，胡儿巷口的杏花树刚结了花苞，燕子便已在屋檐下筑巢了。二月一场桃花雨过，淮水连夜涨了寸许，恰巧赶上花朝夜，粼粼的水面上，河灯浮了一串又一串，远望去，像谁往秦淮河里洒了一把碎金子。”南京城千百年来积淀的文化气息与美学气质成为托载古意与情致的天然台阁，由此也指向了“文学南京”的存在。

邢晨：之之好！很高兴能有这次机会和您交流。可以和我们分享一下您最开始步入网络文学写作的经历吗？当时有没有想过走传统文学渠道去投稿呢？

沉筱之：我是2010年开始写网络文学的，但其实要说写东西的话，我从十一二岁起就保持记日记的习惯，不过写网络文学后就不记了。高中就在零零散散地写一些小说，因为我是在新加坡读的高中，那里的高考压力没有这么大。我有一篇文章叫《藏剑》，就是高中写的。在晋江开了专栏之后，我觉得专栏里面的作品太少了，就把以前写的小说翻出来放了过去。

那时候也给杂志投过稿，写了一个短篇投过去，没想到就中了，还给了我很多稿费，很惊喜。那是2010年之前，1000多块钱稿费，算很多了。而且他们也给了我一个挺好的版面，好像是叫“新人推荐”。但是再投别的杂志就没中，没中也没怎么在意，毕竟还在读书，这不是主业。后来我又给杂志投稿，编辑看到后就联系我说，这篇像长篇小说的开头，我当时又在看网络文学，就想我也去写网络文学好了。

我看网络文学的时间要更早，是到了新加坡之后，2003年、2004年，那时出名的是“榕树下”，安妮宝贝等作者就是从“榕树下”出来的。我既在网上看，也会买一些她们出的青春伤痛文学的纸质书。我还记得我看过墨竹的《仙魔劫》、未夕的《千里起解》，还有蓝淋写的小说。那时候的网络文学都以盗版形式流传，根本没有“正版”这一说。我在一个叫“百草折完结文库”的网站看文，他们的网站做得很漂亮，像一张白纸，什么广告都没有，我误以为这里就是作家发表作品的地方。2009年左右，这个网站被封了，我才有一个“盗文”的概念。因为没地方看了，我就在网上到处搜能在哪看，好多网友说在晋江，我就去晋江看了几篇，觉得写得特别好，发现晋江也可以发表作品，就研究了一下，注册了作者号，在上面发了第一篇作品《小江山》。

《小江山》还是很幸运的，刚发了几章，编辑就找我签约，签了以后成绩还行，就上了VIP强力推荐。我们当时还有作者群，和编辑每天都聊天，大家确实有那种友情在，编辑离职前还一直跟我说，哎呀天道酬勤，你要好好写东西。我还挺有感触的，就写了一篇随笔发在晋江的论坛上，后来收进了晋江专栏。

我记得那时候晋江的流量挺小的，如果靠“入V”养活自己，只能勉强过活，我在晋江写东西也都属于“写着玩儿”这一性质，真的就是电脑打开，一边写一边想。最开始想的其实是一个仙侠题材，后来我觉得应该先给这个仙侠演绎个人间故事，就写了《小江山》，女主有半妖血统。写了两三个月，每天写三四千字，处于一种自嗨状态，觉得特别快乐，写完了把中间逻辑不顺的地方修了一遍，才发到晋江。以前我很喜欢薄荷酒写的《寒雨连江》，觉得文笔特别好，特别通顺，看了很多遍，印象很深，这导致我的《小江山》也是第一人称写作，但后来回去看那篇小说又觉得没有那么好看了。一篇小说不一定十全十美，但是你在最初看它的那个时刻被触动了。

《小江山》完结后写了一篇同人文，我认为写得不好就锁起来了，之后就是《龙凤》《公子无色》。《公子无色》是《龙凤》的姐妹篇，是我当时所有作品里面成绩最好的，上过许多榜单。

邢晨：然后您转向武侠题材，写了《一刀惊春》。

沉筱之：其实之前的《一色春》也是武侠，但是锁了你看不到。《小江山》是我写完以后再发的，但《一色春》完全是自己有一天打开文档写了一个开头，发了以后每天更新，就把这篇小说给写完了，写完以后成绩还不错，我就想再写一篇武侠。

我前几本小说都是兴之所至，完全没有细致规划，也不在乎故事到底成不成体系，有没有整体结构，有没有前后逻辑自相矛盾的地方，这些都不考虑，就直接写。这样其实很容易“坑”文，但是我“坑品”还是可以的。最开始有一次成功完结的经历很重要，因为我在发表前就把《小江山》写完了，不长，就20多万字，但是有了第一次写完的经历后，下一次你就有一个直觉，知道该怎么把故事写完。这个很重要，如果你第一次就“坑”文，后面会“坑”无数次。

到了《一刀惊春》，我开始觉得我这样不行，这种一时兴起写的东西，其实不能称之为一个很好的故事。如果我要写真正的大故事的话，还是得学着做大纲，学着怎么把一个个故事情节给串起来。所以从这一篇小说开始，我就开始有意识地写故事了。我开始学着做大纲，弄一些线索，让我一些会看故事的朋友帮我看。他们指出我好多问题，比如说写到一个段落，说谁看了他一眼，就多写这么一句话，其实读者根本不会注意到，之后的情节却建立在这一个小片段上，而不是建立在一个事件上，这是不对的，一定是事件和事件串起来，而不是事件和一个片段串起来。他们还说我有些线索是片段式的，不能一环扣一环地接起来。然后我就改了好多，当时其实不太会写故事。

《一刀惊春》的成绩虽然没有其他几篇好，但它却是我当年写的那些文里故事结构最完整的一篇。五六年后回来写《恰逢雨连天》，大家说我的风格变了，开始注重故事，而不是写以前那种小甜文了。其实这个改变就始自《一刀惊春》，我决定认真写故事，我要变一下。

邢晨：为什么会突然冒出来这个"要认真写故事"的想法？

沉筱之：因为我看了好多别人写的故事，印象最深刻的是非天夜翔的《2013》，觉得写得多好呀，我写得乱七八糟的，今天说这儿，明天说那儿，也许我也写了还算完整的故事线，但那都是我无意中写出来的，并没有一个确切的意识说我要怎么起承转合，把它做好。我觉得这些无意识的产物不是我真正的水平，如果想要看一下自己的水平到底在哪，再精进一步的话，是需要花心思构思的，每一个需要去克服的难关都是逃不了的，所以就在《一刀惊春》上试图做些改变。

邢晨：所以《一刀惊春》是转折点，然后您又写了一个短篇网游小说《三寸天堂》。抛开这篇小说，确实可以发现之后您写的《一念三千》《恰逢雨连天》《在你眉梢点花灯》《青云台》是在逐步寻求叙事结构上的精进。在《一念三千》连载期间，您断更了五年，这也让您的网络文学创作过程存在着一个"重返"的过程。

沉筱之：《一念三千》断更是因为我当时毕业了，不得不去找工作。当时根本想不到网络文学后来的发展，可以靠卖IP和订阅赚钱。我觉得我该出去工作了，《一念三千》就断更了。我当时就想，等我工作稳定了就一边赚钱一边写文。我其实一直想从事文学相关的工作，但是找不到，导致我觉得我的工作内容不是很适合我。过了四五年这样的生活，2016年年底，我的一个朋友就问我为什么不回来写小说呢，现在网络小说跟以前不一样了，发展很好，然后我就说那我去看一下，发现那两年网络文学的流量确实在暴涨。很快到了2017年，我就想我何必这样委屈自己，我想回来写文。我自始至终都是喜欢写文的，如果我回来写文，哪怕一个月只赚两三千块钱，起码我是开心的，每天都能开心。我就跟家人商量这件事，他们很支持我，让我试试，看能写成什么样，我就辞职回来写文了。

准备几个月后开了《恰逢雨连天》，第一年连载期间的订阅收入其实并不高，但写到后面的时候已经有很多出版社编辑来找我，连载完口碑出来了，订阅量突然就上升了。可是收入没有好起来，因为后面续上了之前断更的《一念三千》，是全文免费的，没有什么收入。再然后开《在你眉梢点花灯》，又因为身体问题不得不再断更。到这个时候已经过去一年多了，但是我的家人也没有给我压力，没有说一年到了，成绩也不是特别好，你还是去找工作吧。如果没有他们这么支持我，我是没有办法回来写并且坚持下去的。

邢晨：从《恰逢雨连天》开始，您出彩的文笔一直是为人称道的一点，有苍翠欲滴之感，在网络文学创作中很亮眼。您在断更期间是有保持练笔吗？

沉筱之：这个还真没有，其实回国前我的中文会话不是很流畅，断更那几年连晋江都没怎么看，就看了一些起点的修仙小说。回晋江前翻了几篇了解了一下现在大家在写什么东西，就动笔了。不过，虽然说用得少，但还是有持续阅读的习惯。除了网络文学，我还会看中文的现当代文学著作和一些英文小说。新加坡国家图书馆里什么书都有，包括国内市场上流行的网络文学出版物，我会时不时借书来看。看得不算特别频繁，因为自己还玩游戏，但不会出现一年都不看书的情况，可能中间断一两个月，之后又会继续看。我的阅读积累不是很多，零零星星的。但大部分人可能步入社会以后阅读就中断了，我能做到不中断。

还有一个解释，我看过罗伯特·麦基那本被称为“编剧圣经”的《故事》，书里有个说法，他说文笔怎么样才能好呢？就是当你的故事结构完整，人物确实沉浸在这个故事里的时候，作者下笔有东西，知道自己在写什么故事，只要故事是有生命力的，这个文笔就绝对不会差。我后面写小说会做很详细的大纲，我很清楚我在写一个什么样的环境，这些人物的经历是什么样的。可能把握得比过去更胸有成竹一些，下笔的时候就会更稳一些。

我觉得主要还是两点：第一是年纪大了，经历得多了，和学生时代看问题的角度都不一样，对于文笔也有影响；第二个就是刚才说的，故事是胸有成竹才下笔的。《恰逢雨连天》是一个大题材，大权谋结构，人物又多，我当时写每一章都提心吊胆，特别怕写崩，总觉得写完这个情节，下个情节我就不行了，这个情节我没写过，肯定要写崩掉。后来实在没办法，想一章，写一章，就这么一章一章写下来的。

邢晨：《恰逢雨连天》的历史感很强，无论细节还是氛围都做得很到位，虽然也有不少作者在写作的时候会去做一些考据，但是能做到像您这么流畅地表达，有胸有成竹、一气呵成的感觉，也是很不容易的。这源于您平时在历史方面的积累吗？

沉筱之：其实一开始的积累不多，历史功底很差。但是十年前我认识的一个编辑就和我说，你的写作天赋很好，但你要去补补历史，小说里面有些历史错误。我就去多看书，那会儿是看了一些，看得很杂，但没有“恶补”，遇到一些历史问题就去翻一翻资料。物件名称和摆设那些历史生活细节大多是我网上查的，科举制度、官位还有官场的一些知识，确实是在图书馆看了几本书。我觉得大学教育还是很重要的，我在大学学到的最好的一点就是老师让我们保持终身学习的习惯，不懂的就去查，这个习惯让我受益匪浅。有了这种自学能力后，想要了解任何东西，都可以给它做一个知识体系，做出一个结构，记住以后就可以应用得很快。

邢晨：《恰逢雨连天》有很多具有画面感的场景，比如苏时雨想归还柳昀的伞、十三的匕首，却先后以同样的原因失败，“工整”地成为一个对照组：十三与君父对答时，脑海中接连闪现沈清樾教他如何应对的画面……这些都是很适合影视化的场景，您下笔的时候有受到影视化的影响吗？

沉筱之：当时脑子里是这么想的，就这么写出来了。后来在评论区看到读者说，作者用的是“蒙太奇”写法，我就去搜什么叫“蒙太奇”，才知道剧本里面有写法叫作“平行蒙太奇”“交叉蒙太奇”。我应该是在当代文学的书里看到过这种写法，潜意识下就使用了。

邢晨：一般在言情小说里，女主总是和男主有感情线的，但是您让《恰逢雨连天》中的男主走剧情线，让男二和女主走感情线，当时引起了很大争议。读者更为喜欢男主，男女主立场不同所带来的张力也更有看点，但您还是坚持立场不同不能强行弥合？

沉筱之： 其实我最初构思的时候，这两个人确实是一对，因为最开始这个故事出现在我脑海中的时候，就是女主和男主在古代对簿公堂的画面，我很喜欢那种城府感和氛围感。但随着故事渐渐完善，我反而觉得女主应该跟男二在一起。可能在外人看来，苏柳两人的相处很有张力，但是从角色本身出发的话，在那样的环境下，比起一个在一开始作为自己老师形象出现，忽远忽近的男性，女主会更喜欢一个带给她温暖的人。就是这样一个很单纯的想法，我一直从这个角度来构思的。我当时确实料到女主跟男二在一起会引起读者的质疑，但那会才刚回来写网络文学，也没有想到连载期间会吵得那么厉害。我觉得我是最了解这个故事的人，一定要按照原来的构思把故事写完，就坚持了下去。如果我临时让苏时雨和柳朝明在一起，那一些我本来构思好的，可以顺其自然发展的情节，包括女主去救十三，遇到危险，被关东宫，所有人的行为动机就都要变。变了以后，一些本来很有冲突性和故事性的剧情就不存在了，或者可以继续存在，但不合人物逻辑。女主出于对十三的感情，才信任东宫，和柳朝明对立。如果她跟十三没有感情的话，就算那时候还不喜欢柳朝明，动机也会从帮东宫变成先独善其身，后面跟沈清樾的友谊也没有这个逻辑链在了。写到四五十章的时候，我反复提醒读者不要站CP（配对），但还是避免不了。很多读者期待苏柳在一起，但我又不想改自己原来的这个剧情构思，还是坚持下去了。我觉得一个小说的整体故事是远远大于某一个人物最后爱情圆不圆满这一问题的。

并不是不能写立场对立的男女主最后在一起，但他们在一起之后就是另外一个故事了，在我构思剧情的时候，故事冲突就源于三方立场的对立。如果改变了感情观，就要改变好几个主角的立场，这个冲突就不存在了，后面构思好的情节，包括东宫倒台、十三假死这两个大情节点就都立不住了，需要重新设计戏剧冲突，包括外部压力、内部矛盾，那就不是原来的《恰逢雨连天》了。

邢晨：之后您又写了《在你眉梢点花灯》，虽然这是一本古代言情，但更像男主人公的故事，女主人公到后面其实就有些淡化了。

沉筱之：对，《在你眉梢点花灯》是以男主为主的故事，当时觉得一个男主来回穿越会很酷，就开了这篇文。《在你眉梢点花灯》女主淡化的问题确实存在，本来走主线剧情的话应该是男女主一起参与，但是后面所有的主线剧情都在男主一个人身上，女主角和其他人变成了一样戏份的配角，这是出了问题的。主要是因为我不善于写感情线，写到后面感情线和剧情线打架，相互拖后腿，我只好牺牲感情线。大家看起来前面好像还是感情线，到后面却完全都是男主复仇的故事，女主失色了。读者也说《青云台》有这个问题，但是《青云台》和《在你眉梢点花灯》的结构不一样，它本身就落笔在整个楼台的大故事，到后面挖掘真相的时候，女主角是一直在逃的状态，自然而然地要少参与一些事情，很多配角的戏份要变多，这是故事本身的问题，而不是一种错漏。可能现在的网络文学读者更喜欢看男女主一起的戏份。

邢晨：您在《在你眉梢点花灯》里这样形容女主人公云浠，“她是松，是竹，苍劲而坚韧，经冬不凋。她是长在荒凉塞北上的一株苇，是萧萧落木下，扎根旷野，昂首苍穹的蒲草”。其实这也是您笔下其他女主，例如苏时雨、温小野的特点，独立、坚韧，这是否表达了您对女性理想人格的一种期待？

沉筱之：我自己比较喜欢这样的女性角色，那种特别温婉的角色我也想写，但我可能有点写不来，还是这种人物最打动我。算是我对人的一种期待吧，我觉得不管是作为一个女性还是作为一个人，都有自己认可的价值，做自己喜欢的事情，自己养活自己，这样才是有意义的，我希望不管是小说里面的人物还是我和我的家人，也都能够这样生活。

邢晨：2020年年底，您开始连载《青云台》。《青云台》被很多读者称为心中的“年度Top1”，您一开始是怎么想到写这样一个故事的呢？

沉筱之：《青云台》的成型受到《切尔诺贝利》这部美剧的触动，当时看到这部讲切尔诺贝利核电站核子反应堆事故的剧，觉得拍得很好。爆炸间接导致了苏联的解体，而事件当中存在大量谎言，剧集通过回顾整个事件，追溯它对上层造成的影响，对当时那些核电站工作人员造成的影响，以及对社会本身的影响，其间还涉及真实和虚幻的关系。我觉得这个命题好有意义，就也想写这样一个故事。其实在看到这个剧之前我已经想好《青云台》这个题目了，也设想好了这样一个楼台的事故，以及女主角对真相的寻找，在看了《切尔诺贝利》以后，这个想法就完善了。

我也从各个角度，从登台的书生、台下的百姓、修台的工人、同意修台的高层，从不同的人和不同的层级对事件进行诠释。洗襟台的修建与坍塌对小人物、大人物，对整个社会层面有什么影响？它的坍塌对每一个阶层又意味着什么？它到底是洗襟台还是青云台？这就是当时触动我的一个点，一个大事件的蝴蝶效应。

邢晨：《青云台》和《恰逢雨连天》一样，都是大格局群像文，您在下笔之初有考虑过要拔高它的立意吗？

沉筱之：确实有很多读者评论这两本小说立意高、格局大，但是作为作者，写的时候是千万不能想着你要去写一个格局很大、立意很高的小说，你要想的是怎么尊重故事本身，怎么把这个故事写好，怎么去尊重每个人物，每个角色到底是个什么样的人。把这些做好以后，就会出现一个自然的表达走向。如果在故事一片空白的时候，就先去给它定格调、定立意，这样往往就会“假大空”，因为没有根基。“格局”这个词本来就很抽象，到底什么叫“格局”呢？如果我要刻意去展现一个格局的话，那其实这个“刻意”本身就是一个很狭隘的想法。写故事最后还是要尊重故事本身，尊重人物的逻辑。有读者说既然《恰逢雨连天》的苏时雨有仕途目标，那最后就不应该离开朝堂，和十三归隐，格局又小了。我其实觉得这才是人物正常的逻辑走向，她有自己直言进谏、为天下持正的理想，但她一开始就表示她也是有私心的人，她也一直在公和私之间纠结。那么后面按照故事推进，最好的结局就是她实现了理想之后，去追求自己想要的东西。“群像”也是这个道理。一开始我也没有设计“群像”，但故事就需要这么多人物才能发展起来。在写的过程中，如果你尊重这个故事本身的话，可能自然而然就显现了“群像”的效果。

邢晨：您的确很重视故事的整体性，我想这也是您的作品中剧情线一直比言情线更强的原因之一。

沉筱之：可能一方面是因为我现在成家了，感情生活很稳定，已经到了写不来曲折感情线的年纪了。我现在特别不喜欢男女之间互相折磨来折磨去，觉得没意义，人生这么美好，干点别的事不好吗？另一方面就是真的不太会写。其实开每一本的时候都想要写好言情线，《青云台》前面大家都说我进步了，到后面大家又说还是剧情写得好。但是写《青云台》前我真的看了好多本小甜文，现代言情名篇看了个遍，就为了学怎么写，也学到了很多。但应该是故事本身的问题，别人的小说可能以感情发展为主，我的本来就以事件发展为主。我能够尽量做到比前一本有进步，尽量表达我的一个感情观：两个人相互尊重，支持对方做一个独立的人。但在此之外要是让我写那些特别甜的，整章都是感情互动的戏份，我这个以故事为主线的小说是没办法做到的。而且我可能在这方面关注也不多，在我看来，两性关系和其他很多关系一样，都是为故事和人物服务的，这涉及一个主次问题，就是我的故事中两性关系并不是表达重点，我写文还是以人物和故事为主。

虽然不以感情线为主，也还是得有，必然要通过一个人的各种情感来塑造人物，爱情部分可能占比很小，但不能没有，它组成一个正常人的情感部分。不能说我写不好，这部分就扬长避短不写了，那这个人物没有爱情的部分到底是为什么呢？是什么因素导致的呢？爱情是一个正常人物内心该有的欲望，你还是得写出来。

邢晨： 看得出来您很重视一个人物内心的饱满程度，

他作为一个“人”多方面的需求与欲望。我们会把“格局”的表现分为好多种，比如权力、责任、道义、家国……而我觉得您的作品所呈现出来的“格局”绕不开的是“担当”和“人性”这两个词，您尤其重视呈现复杂的人性。

沉筱之：可能因为我以前的专业是心理学。虽然我学得不大好，但我的世界观还是受到了这个专业的影响。它给了我最基础的认知，就是所有人物的行为都具有动机。我不喜欢小说里面的人物没有动机，莫名其妙地去当一个工具人，那人物就失真了。所以我写故事的时候会很在乎人物的一系列行为逻辑是不是完整的，如果他做这件事是反常的，那他为什么会做？他在20年后做的事情是不是能追溯到他的幼年经历，还是后面遭遇了什么事情？我一定要建立一个心理逻辑体系，把人物本身表现出来的性格、外貌背后的人物经历补充齐全，让他成为一个有逻辑性的人物，这样人物才能立体、完整。甚至包括配角、反派，我都会把他们变化的前因讲清楚，形成一个闭环。

邢晨：您善于在小说中设置环环相扣的局中局，也被读者评价为“烧脑悬疑”，您是有意这么处理的吗？

沉筱之：有很多人说我写的是悬疑，但其实只是在写事情发展而已。不是故意要去处理成悬疑，而是在做剧情结构时，比如我这一块要写他们到山上去，去山上需要什么呢？那你就想前面的情节到底是怎么样的。可能这样做情节构思的时候，会导致一些悬疑元素在中间起作用。《青云台》还好一点，《恰逢雨连天》有些情节比较复杂，尤其是第二卷的逻辑节奏没搭建好。本来应该是一个点一个点地推向高潮，然后大家豁然开朗，但前面没写清楚，事件不够清晰，就导致故事好像看着精彩，而读者却没明白过来。这不是说作者的悬疑色彩很重，很烧脑，不是这么瞎夸的，像《恰逢雨连天》和《青云台》里的一部分情节，其实就是没写好。

而且我写东西有一个习惯，像中国的水墨画一样，喜欢在表达上留白。如果我把这个人物的心理很直观地写出来，会怕留白不够，反而影响人设。男女主都是含蓄的人，就算心里想得直白，我也不应该直接把它写出来。我觉得肯定有更好的方法，让我既能够把它写得很清楚，又能够有留白，把人物设立得很好。很多很优秀的作者，他们的作品确实就是这样的。

作者就应该让读者看到情节本身，如果只有解释了大家才懂，那就是笔力不够。《恰逢雨连天》的中间部分就有一点故弄玄虚。我当时就是想写一个很复杂很精彩的情节，为了这种复杂的设置忽略了阅读感受和情节本身，其实没必要这么复杂也可以很精彩，为什么要做这么复杂呢？所以当时存在着写作的一个误区。《恰逢雨连天》的整体阅读感受很好，有许多优点，第一是叙事性、氛围感上做得还不错；第二，它是一个线性结构，有很多跌宕起伏，这些优点掩饰了它叙事上的缺点。

我自己知道这些问题，但是我觉得要改可太难了，写完复盘的时候我会意识到问题，改掉它，下一次尽量避免出现同样的问题，可能比上一次稍微好一点，但也没能完完全全避免这个问题。这很难，因为在网上连载是具有“一次性”的，连载期间遇到这个问题，甚至自己都不知道具体的修改方向在哪。我写完《恰逢雨连天》觉得《在你眉梢点花灯》应该给大家设置低一点的阅读门槛，就故意写得轻松一点，但是写轻松了又觉得故事逻辑性差了。《青云台》我想写好一点，中间不要有《在你眉梢点花灯》连载时的车轱辘情节，可是一到中间又拖了，节奏点多了一个，让小说显得很沉赘，读者说有些拖沓了，看得很累。其实这些我都不是故意的，想进步特别难。我觉得要解决这个问题就两个办法：第一是写完做复盘，下一次尽量避免；第二是开下一篇文的时候再准备充分一点。如果只是单线剧情倒没这个必要，但如果要写剧情很复杂的文，那大纲一定要做得再细一点，该断更就断更。我也经常请假、断更，所以你看连载期间不是有读者说我三天两头请假嘛，可能是在做大纲，也可能是有事或者生病了，不能保持日更。断更对平时的订阅收入是有很大影响的，但如果要写好故事，就必须牺牲这些。而存完全稿再发也不行：一是会引发拖延症，存稿期间可能每天只写一两千字，但是连载期间会有一个驱动力让你每天写

3000—5000字；二是总没动静读者催得也急；三是连载期间有读者的及时反馈，也能对后续写作起到很大的帮助。

邢晨：下一本您准备写仙侠题材，是有变动的打算吗？

沉筱之：我觉得我总是写权谋，或者说总是要去回溯相似的主题故事，需要把一些线翻来覆去地讲，我就想换个题材试试自己能不能改掉一些写作上的毛病。但也未必能进步，因为进步都是螺旋式上升的，可能下次又下降了。

邢晨：古代言情中像您这样把故事和人物的完整度提到一个如此高的位置，而不太重视言情线的作者还是比较少见的。您会不会受到一些流行"甜宠"的市场倾向或商业数据的影响而对自己的作品有所调整呢？

沉筱之：我一般不太受数据的影响，我的数据一直以来都不算特别优秀。你可能看《青云台》和《恰逢雨连天》现在的数据很好，但它们在连载期间的数据也就那样，可能《青云台》好一些。因为我连载期间经常断更，对于数据来讲就是致命打击。有的作者可能连载期间只断两三次更，而我隔三岔五就断更，平均两三天一断，如果再去在乎数据，那就完了。

十年前我最喜欢看留言，现在我也是只喜欢看留言。我现在连载完就稍微看一下评论，看看这一章有没有出问题，因为每天守在网站看的读者一定就是追文比较积极的嘛。看了前几条评论以后就不怎么看了，可能一天都不会上晋江。

如果读者说写得不好，那我就会觉得很失落，毕竟是辛辛苦苦码出来的。我遇到这种情况，就自己消化一下，追追剧缓解一下心情，不去过多在乎，但是可能接下来几天我就不看评论区了。有时候也会挨骂，因为某些情况下读者不仅会曲解文字，还会曲解作者本身的意思。看到这些评论的第一个反应肯定是想为自己申辩，但其实申辩是没有意义的，当一个人说出这句话的时候，就意味着他/她已经是这么认为的了。而且本来每个人的价值观都不尽相同，人家对作品产生别的想法也正常，你没必要去纠正。什么作品没被骂过？那些特别经典的电影，比如《阿甘正传》这种还有好多骂的呢。所以只要不是网络暴力型的，有点负面评论，其实无所谓。

我不太在乎数据不能说是因为我还在把写作当成纯爱好，现在确实算主业了，但受影响是比较少的。其实回来写《恰逢雨连天》的时候也有很多声音说，你写这种权谋文是吃力不讨好，又有人说，你看看现在榜单上还有谁在写权谋，你笔力不错，现在大家不喜欢看苦大仇深的，怎么不去写种田文。最后我因为坚持了自己所选的，收效又很好，所以现在我就觉得还是应该坚持自己。

我当然知道这些声音是在很真诚地跟我说当下的市场情况，可是如果屈于市场的话，那得到的天花板可能也就只是在那里而已。但也不能说市场的方向是错的，因为很多甜文，或者很多同质化的套路文，它的基本写作水平其实是过关的，文笔、故事性也都在，也会有它的受众，我看了也很喜欢。

确实有的“工业糖精”就是纯甜，互动互聊，没有什么故事内容，但也有许多以感情发展为主线、故事性很强的爱情小说，晋江就有很多，这一类型的故事也是好故事。甜文会影响主流市场，影响一些资本对作品的抉择，但我觉得想写好故事的作者还是有很多的。我平时也追文，感觉每一年还是能看到不少好故事出来，很多作者还是很认真地对待自己的故事，即使在技法或者写故事的能力上有瑕疵，或者能看到受到数据、评论的影响，但也能感觉到这个作者的本意还是想把故事写好的。

这就看作者自己本身怎么选吧。反正起码以我来说，我肯定还是会写自己有表达欲的故事，并且以写好一个故事为目标来写。

邢晨：您对于网络文学的未来有没有期待？

沉筱之：对于整个大环境的未来，我可能不会有那么多积极或者消极的想法，倒是对自己的写作道路有一些想法。未来应该还会在晋江写作，因为晋江很好的一点是，它根本不管作者写什么，除非你违禁了，它会告诉你，不让你写了，别的时候它根本不会管。所以我一直是很开心地在写，这本写完了再写一本，能卖则卖，不能卖的话那我就吃个订阅钱，养活自己。我的期待就是下次能写一本复盘时不被我挑出毛病的小说。我可以允许它有小瑕疵，但起码不要有那种让我觉得很遗憾的大问题，比如这个地方改一改，是不是整篇小说能够上一个层级的那种问题。我就希望我的每篇文能够写到这种水平，我自己满意，读者也满意，就可以了。我还是觉得大部分读者的意见是正确的，如果大部分人都觉得一篇小说或者一部剧是不好的，那它肯定是有问题的。

邢晨：我们也期待您能够顺利达成自己的创作目标。感谢之之，您对自己创作历程的讲述不仅让我们看到了一位一直聚焦于故事和人物的作者，也让我们对网络文学的发展充满了期待！

本文首发于《青春》杂志 2022 年 2 月刊。

探索中国动物幻想IP生成的可能性
——雨魔访谈

雨魔　李玮　沃熠娴

导言

雨魔，驭（也作“御”）兽类型文的开创者之一。他的《驭兽斋》《兽王》系列是诸多网生代的少年记忆，也奠定了他在网络文学界的重要地位。雨魔的驭兽文与美国漫画“蜘蛛侠”“蝙蝠侠”、日本动漫“宠物小精灵”等呼应，是中国动物化幻想文的可贵探索。雨魔对网络文学发展十分敏感，在多种形式的创作中均有探索，《龙王大人在上》加入科幻元素，并思考网络文学向“剧本杀”的转换。顺应这两年网络文学“现实化”转向的发展潮流，雨魔创作了《少年，1927》。这部作品讲述沉迷游戏的少年穿越回1927年，感受民生疾苦和革命风云的故事，设定精巧，构思独特，获得“庆祝中国共产党成立100周年”网络文学主题征文大赛二等奖、2021扬子江网络文学作品大赛二等奖和第三届江苏省新闻出版政府奖提名奖。雨魔的访谈，既体现了关于中国动物幻想IP生成可能性的思考，也呈现了一位成功的网络文学作家如何写好现实题材的心得。

李玮：雨魔好！我们了解到您从2001年就开始从事文学创作，可以说是玄幻类作品的“元老级”人物了。您能谈谈您从事文学创作的契机吗？又是什么原因让您在网络上连载作品的呢？

雨魔：这也算是一种阴差阳错吧。在那个沟通交流不是那么便捷的时代，我带着我母亲新买的手机坐火车去见我的夫人（当时的女朋友），结果却在路上不慎遗失了那部在当时算得上昂贵的手机。我想弥补我母亲，只有去打工，可是打工也干不了什么事情。而那个时候网络文学刚兴起，有很多大的平台，如龙的天空、天鹰文学和幻剑书盟等，正好我也经常在上面看些小说，就想着要不试试写小说。和许多作者不一样的是，他们可能是因为追的连载文作者更新太慢，等得很着急，于是自己来从事创作，而我的写作缘起很简单，就是为了赔偿我母亲一部手机，出于经济上面的考虑，就像兼职打工一样，自此就走上了网络文学创作的道路。

李玮：您同时也是一个纸媒作家，为什么您会在网络文学创作之余去考虑纸媒创作呢？

雨魔：其实我并没有刻意去考虑纸媒创作。最早网络文学是没什么经济效益的，从事网络文学创作全凭爱好。而那个时候有经济效益的创作基本上分为两个方面，一是繁体，二是简体。在这二者之中，早期繁体出版的作品比较多。当时作家要想靠创作变现就要靠出版作品，但在创作初期，出版对于我们来说是一件神圣的事情，根本不敢想象自己的作品有朝一日能够出版。其实，在网络上能够有读者给作品评论或留言，我觉得已经是一件极为荣幸的事了。当在写作的过程中突然有出版商或文化公司来找自己的时候，我才意识到原来自己的作品还能出版。

李玮：最近，如轻泉流响的《不科学御兽》等御兽题材的网络文学作品受到了很多关注，而实际上御兽文的发展最先要追溯到您的《驭兽斋》和《兽王》系列。您最开始为什么会选择御兽文这个类型来创作呢？您是怎么想到御兽这个题材或元素的呢？

雨魔：这个和自己的兴趣有关。我自己很喜欢动物，在刚开始创作的时候，常常会不由自主地加几个动物进去，我也很喜欢这种增添方式。在之后的写作过程中，我的脑海中就逐渐形成了一定的脉络。当它成为一种体系，自己也就形成了一种创作风格。因此，它是一个渐进的过程，由开始下意识的寥寥几笔，到逐渐形成一种体系，最终融入自己的写作风格中。

李玮：所以说，您从《驭兽斋》到《兽王》系列实际上是在一步一步地开拓。我们也发现您的系列创作都在尽量避免陷入重复，不断为读者开拓新的空间。您能否为我们描述一下您是如何避免系列文创作中的同质化问题的呢？您在创作过程中又是如何寻求变化的呢？

雨魔：其实我写的第一本书是《魂游天下》，那时还没有人兽合体的概念，只是单纯地赋动物于主人公作为一种陪伴关系，主人公的个人战斗力相对较强。之后我就慢慢地想要寻求一种新的突破，探求动物与主人公之间不一样的关系。受狼人、吸血鬼等变身元素的影响，我思考自己笔下人与动物的关系，就出现了“合体”的概念。但这种概念一开始仅仅是零散的创作体现，到了《兽王》的一系列创作，才慢慢有了体系的建立，如金木水火土、动植物、水生物等。因此，这个过程是从一种朦胧的状态慢慢地呈现出一个清晰的体系。

李玮：那您是从什么时候开始着重于作品的故事性和世界观的创设的呢？

雨魔：《魂游天下》是我的第一本书，第二本则是《蜘蛛情缘》，这两本书其实有很强的模仿意识在里面。《魂游天下》是模仿黄易老师的作品，初代网络文学作家很多深受黄易老师的影响，那个时候有大量模仿黄易小说风格的作品出现，其中也包括我的小说；而《蜘蛛情缘》则是模仿好莱坞影片《蜘蛛侠》，《蜘蛛侠》里其实已经有变身的元素了，但它是通过基因的变异来实现变身的。到了《驭兽斋》，宠兽的元素和风格就逐渐突出了。

李玮：听您的讲述，其实您的作品中有很强的世界性元素，也有和好莱坞作品的沟通性与同步性。而脑洞大开也算是您作品的一个突出特征了，比如在《驭兽斋》里，从人族、兽族到妖族、仙族、魔族、圣族，再到星际间的跨越，这也属于您创作过程中最初的尝试。

雨魔：我认为脑洞不是一种刻意的苦思冥想，而是在大量接受外界文化过程中自然而然产生的某种化学反应，也就是灵感。

李玮：您的宠兽题材不仅在网络文学中受到许多粉丝的喜爱，在儿童文学界也有很大的影响，您是怎么看待网络文学和儿童文学之间的关系的呢？

雨魔：对我来说，二者主要在创作的自由度上有所区别。虽然网络文学现在的监管越来越严，但是很多题材和内容都能书写，只要避免一些低级趣味即可。但儿童文学相对而言约束更多，比如早年在《兽王》的创作中我曾引入“盖亚意识”这个概念，它是一个未经证实的科学猜想，当时也有很多科幻作品都有提及“盖亚意识”。但是出版社以它是一个伪科学为由不采纳这个概念，于是这一部分内容就被删改了。实际上，我认为它并没有什么不好的影响，恰恰是一种充满想象力的科幻元素的彰显。主人公的成长需要伴随打怪升级，而出版社则禁止杀生，这里的“生”包括人和动物。因此我在创作儿童文学的过程中就像戴着“手铐”和“脚镣”在“舞蹈”。特别是《兽王》，这部作品是出版社直接找我约稿的，在内容上提出了很多要求。《兽王》系列我写了十年，将近500万字，长期的“被束缚”状态下的写作也使得我在之后的创作中常常会思考和顾虑很多。

李玮：《龙王大人在上》是您2019年的作品，是继《驭兽斋》之后在起点上连载的又一部作品。这部作品强调了宠兽文明和机械文明两种文明在更迭期的一种对抗冲突，是继《驭兽斋》和《兽王》系列之后的又一创作转变。

雨魔：谢谢，你们读得蛮深的。其实对于这部作品，我个人认为我的尝试是不太成功的。因为长时间没有在网络上连载作品，因此一下子有点“用力过猛”，导致作品中很多的“爽点”没有跟上。有些自以为挺好的但实际上已经过时的“梗”放在小说中，就造成一些不太好的影响。实际上有很多“梗”我知道已经有些过时，但其实我也只是把“老梗”拿出来自嘲自嗨，供大家会心一笑罢了。再加上我追求文字、追求表达的习惯仍在，就把读者对阅读中“爽感”的期待放在了第二位，甚至是第三位，这使得这本小说没有达到我自己的预期。

小说中的世界观集中在宠兽文明和机械文明的对抗中，但之前还有虫灾文明、太阳神文明和诸神纪元的文明。这些文明纪元的更迭就像洋葱一样能够一层一层地剥开。但由于前面没有剥好，后面创作的劲头就不是很足，寥寥收尾。我的作品讲述的其实就是在文明发展进程中各个物种的演化历程，以及当不同的物种失去了在地球上原有的地位之后，又是如何重新崛起的。

李玮：您谦虚了！我们认为一个作家在成功的基础上总是要有发展创新，而老读者对这些发展创新或多或少会感到不适应。对于转变期的作品来说，《龙王大人在上》还是非常不错的。您作为御兽文的开创者之一，可以说是见证了御兽文的兴起和发展，您怎么看待御兽文的发展以及未来呢？

雨魔：御兽文在发展过程中有很多变化。虽然御兽文在网络文学中算是一个比较小众的题材，但一直都没有停断，形式丰富的御兽文不断产出。而很多御兽文也不完全是在我的“宠兽”“合体”等概念下演变而来的，也有很多创作里把日本的动漫及好莱坞作品中的元素不断吸纳过来，融入自己的小说当中形成的，变化多种多样。

御兽文应该会一直存在，只要热爱动物的作者还在，喜爱动物的读者还有，那么御兽文就永不过时。很多小说虽然不能称为严格意义上的御兽文，但其作品中却存在着许多御兽的元素，这也算是御兽文的一个演变或影响吧。但不可否认，由于御兽文题材的小众性，这个领域能够容纳的作者，尤其是知名作者就会很少。

李玮：那您如何看待玄幻题材的网络文学在近年来的发展趋势呢？

雨魔：以前扛鼎的主流作品都是大玄幻题材，凡是写此类题材的作家几乎都能“封神”。但是现在大玄幻逐渐没落，如今“称神”的作家的创作大多建立在现实的基础上，很少是从玄幻题材起家的。这些作品的空间设定大多是在地球上，哪怕作品中不单独提及，但实际上故事设定的背景仍然还是没有脱离地球。它们以现实为依靠和基础来构思故事，即便要增添想象元素，那也是架构在既有神话的基础之上。不管是汲取中国远古神话还是西方神话，作品中都会有一定的原型。将既有神话中的元素拿过来重新进行艺术加工，再注入自己的小说中，基本上就是现在流行的网络文学创作模式。相对而言，现在纯架空的故事就很难再获得成功了。

李玮：在《龙王大人在上》之后，您又创作了《少年，1927》，这两个创作动机还是有很大不同的。

雨魔：是的，《少年，1927》这部作品主要是为了在创作中突显红色元素。其实我之前一直在思考如何写好红色元素，但苦于一直没有找到市场和红色元素结合的点，因此我一直都没有动笔。直到《少年，1927》的大致思路呈现在脑海中，我才开始创作。少年因与父亲价值立场的不同和父亲闹了矛盾，他穿越到过去黑暗的社会中进行系统生存。我试图通过生存的残酷性揭露社会的阴暗面和底层人民生活的艰辛，如此就使得小说既有娱乐性，又具备教育功能，这样的结合我就很愿意写。

李玮：这部作品把红色经典元素和现在青少年喜闻乐见

的游戏元素结合起来，一方面增强了小说的趣味性，一方面也能使青少年体会到当时社会的黑暗，从而深切地感受到我们党在斗争中所做的艰苦奋斗。而您在表现少年参与党的斗争生活过程中也运用了一定的谍战元素，这也增强了小说的可读性。这些元素的融入是在创作前就已经构思好的吗？

雨魔：没有完全考虑好，一开始仅有一个大致的创作概念。主人公穿越回到过去，不能仅仅去体验社会的黑暗，还需要有一个“父亲”形象来为主人公与其父亲的和解提供前提与基础，因此我就安排了一个类似于他父亲的人物形象。

李玮：您的创作一直贯穿着主人公“成长升级”的故事架构模式，这在当下网络文学中也是一个常见的创作模式。您也把这种模式成功地运用到了《少年，1927》中，书写了主人公一步步成长的历程。

雨魔：没错，虽然这部作品中没有明确的升级打怪，但其内涵与“成长升级”是一致的，主人公在经历社会种种黑暗的过程中，对社会了解一分，他就成长一点，以此不断累积从而实现人物的“最终”成长，这部作品的成长就主要体现在与父亲的主动和解上。

李玮：这种“成长升级”的故事模式在当下网络文学创作中可以说屡试不爽，您如何看待这种创作模式呢？

雨魔：对于很多小说来说，读者如果没有及时看到主人公的成长，就很难有继续读下去的动力，这也是系统文在近年来吸引众多读者的重要原因。系统能够很明确地告诉读者主人公今天的力量是否增强或者是否有所得、有所收获。这种直白式的阅读使读者无须自己去思考、感悟和体会。而以前的武侠小说是不会明确地告诉读者小说中人物的实力等级具体是哪一级的，至多用“爪牙”“高手”这类概括性的词语来渲染人物的实力，剩下的便留给读者自己去思忖和想象。现在，随着信息和书籍的猛增，读者在浩瀚的信息世界中需要一个直接的感悟，而不是一味地去猜度，因此这种直白式的“成长升级”也增加了文本的“爽元素”。

李玮：《少年，1927》也延续了您宠兽文中动物元素的设定，您为什么在主人公身边安排一个动物的形象呢?

雨魔：最开始我在主人公身边安排一个动物是出于自己的偏好，后来则是出于对主人公安慰陪伴功能的设置。一个生长在新社会的少年，突然穿越到一个如此黑暗的社会，他天天被欺负挨人揍，连吃饭都成了问题，所以他的身边一定要有一丝安慰和温暖给予他支撑下去的力量，让他渡过初期的艰难处境，从而使他继续完成系统的“生存任务”。到了后期，我本想让这个小狗参与到剧情之中发挥一些作用，但后来又怕系统文的倾向过于明显，就将其削弱了。

李玮：您曾将网络文学分为无线文、精品文和IP文三类，并明显倾向于IP文。请问您如何看待网络文学的生命力呢?

雨魔：无线文的生命时长很短，生命期可能就是它创作的周期，一年，甚至就是几个月。如果经济一点地考虑，花费那么长时间进行创作，结果作品的生命力只能维持很短的时间，这是很不值得的。而精品文就相对好一些，它的生命力可能有两三年，但时间一长，它依然会泯于众多作品中。IP文就不一样了，它是一种更加深入化的创作，是精品文中的精品文。IP文最主要的特质就是生命力很长，一个IP在，就可以反复地进行改编。像《诛仙》的存在时间就很长，它可以随着各种新兴媒体的出现崛起不断进行改编，从而延长它的生命周期，如影视剧、网剧、动漫、综艺、剧本杀等都可以对一个IP进行改编，这种作品的生命力就属于比较长的。从后置的角度来看，IP文可能也并不在于当时的创作水平有多高，想法有多么新颖独特，而是在当时耗费了一定心力创作的作品经过一定的宣传之后形成了一个品牌，市场转而需要的是这个品牌带来的效应。

李玮：在您看来最具IP改编潜力的作品应该具备哪些特质呢？阅读量高是否就意味着有较大的IP改编潜力呢？

雨魔：我认为浏览量高只是其中的一个条件，如果一本小说没有人关注，结果成为一个IP，这是不太现实的。不管是现在的即时关注，还是后期的重新关注，IP文一定是要有很多人关注的，如周星驰的《大话西游》就是在后期才受到了广泛关注，就是一个IP。因此，一个作品是否具有IP改编潜力，关注度是一个很重要的价值评判标准。

李玮： 那您接下来的创作计划是怎样的呢？

雨魔： 接下来的作品正在构思中，它们和我之前的作品相比一定会有一些变化，可能不会再把御兽题材作为创作的主要思路。我现在也在反思，御兽文与动物的联系较为紧密，这一块实际上满足的是年龄较小的读者群体的口味。而成年读者的口味则较为广泛，如果把御兽作为主要元素来创作，是很难在成年读者或年纪大一些的读者群体中打开市场的。所以在接下来的创作中，御兽可能只作为创作中的一个小元素。

李玮： 您未来网络文学创作面向的群体还是成人市场吗？

雨魔： 是的，因为网络文学面向的主要还是成年读者，出版的儿童读物是面向少儿群体，但目前出版又面临很多限制。当然，少儿读物还是会继续创作的，只是不会作为一个主要方向。

李玮： 您怎么看待网络文学未来的发展呢？

雨魔： 我认为网络文学在以后依然会发展得很好，只是以前的“蓝海”市场已经不存在了，再回到那个版权畅销和大量作者、作品异军突起的“百花齐放”的生态就非常难。目前的网络文学竞争非常激烈，这就导致严重的跟风性。虽然也有许多充满创意的作品，但同质化的作品仍占绝大多数。在过去，一个创意可供创作的时限很长，但现在一个创意问世之后，可能在短短几个月内就无法重新使用了。因为跟风的创作群体会不断站在你的创意角度，重新演绎，不断生成，从原版的1.0演化到1.1、1.2，甚至演化到2.1、2.2。

以前的网络文学可能半年或者一年才会有一种集中的流行趋势，但现在的网络文学可能两三个月就有一种流行趋势。但凡有一种新的流行趋势，就会有一大批网络文学作者群起而仿之。比如电视剧《情满四合院》，有一个作者据此创作了一部小说，爆红之后无数人从各种角度和方向来对《情满四合院》进行再创作，同时加入系统、武侠、官场等各种元素。写的人多了，这种题材就变得无人问津，于是创作者又开始转向下一个热潮。番茄网在2021上半年流行“奥特曼”元素，很多小说都带有这种元素，就连书的名称也加入“奥特曼”。只要有“奥特曼”在，小说的流量和搜索指数就不会低。同样，当这种题材逐渐泛滥，创作者又会跟随下一个流行趋势。

李玮：您如何看待剧本杀未来的发展呢？

雨魔：我们可以把剧本杀看作未来几年的创作“蓝海”。现在的网络文学创作，无论是在哪个平台上连载都面临着巨大的竞争力，且经济效益并不高。即便平台为了不让作者承担风险选择买断，但买断的价格也是比较低的。所以相比于剧本杀，网络文学创作是一个创作的“红海”，竞争“厮杀”的激烈性使得网络文学要想突出是很难的。而剧本杀作为内容创作的新兴产业，因为其市场没有饱和，存在着大量需求，所以竞争并不是很激烈，作品即便缺乏一定的价值，带来的经济效益还是很高的。并且，剧本杀能容纳的创作者的数量要比网络文学可容纳的数量还要多，一方面是由于它的篇幅较为短小，几万字的创作并不影响创作者从事的主业，可以容纳众多兼职作者；另一方面，剧本杀和网络文学在创作层面上的要求和界限也并不是那么泾渭分明，它能吸纳众多网络文学作家转而从事经济效益更高的剧本杀创作。

李玮：您接下来也会涉足剧本杀的创作吗？

雨魔：是的。剧本杀虽然仅是一个“剧本”，但它也可以有很多改编引申，包括各类影视作品和综艺节目等，《扬名立万》便是典型的剧本杀结构的影视作品。这样的现象反过来也会带动剧本杀产业进一步发展，使改编市场把更多的目光投向剧本杀领域，这就很容易产生更多的IP衍生作品。因此，剧本杀是一个特别适合作者的创作“蓝海”。

李玮：我们可不可以这样认为，之后网络文学的发展可能并不局限于我们熟悉的以连载形式呈现的几个网站，也许它会出现更加多元和丰富的形态。

雨魔：也可以，那就不叫“网络文学”这个名字了，可以称为“新文学”。

李玮：让我们一起期待网络文学未来的发展。

雨魔创作年表

2001年开始写作，前期创作幻想类和都市武侠类小说《魂游天下》《蜘蛛情缘》。

2004年，创作出版幻想类小说《驭兽斋》，全文120万字，由北京文化艺术出版社出版；同年，《驭兽斋》同名小说繁体版由维霖出版公司出版。

2005年，创作儿童幻想类小说《狗狗寻爱记》（出版名：《帅小子的克星》），全文14万字，由北京文化艺术出版社出版。

2005年，与网易合作同名网游小说《大唐游侠》；创作中篇都市小说《人间有妖》。

2006—2016年，创作出版少年文学《兽王》，由长江少年儿童出版社出版。同名漫画已由香港黄玉郎漫画公司改编上市。《兽王》曾于幻剑书盟连载过两年左右，连载时一直处在首页点击榜前十，后应长江少年儿童出版社的要求停止了网络更新。

2008年，创作长篇西方少年幻想小说《兽神》，全文200万字，由湖北少年儿童出版社出版。

2013年，与上海童石文化公司合作腾讯知名网游DNF的同名小说《DNF领主》。

2015年，创作中篇儿童小说《我的一日猴王梦》，全文15万字；《驭兽斋》繁体版由风云时代出版公司再版。

2016年，《少年幻兽师》签约意林杂志，首印8万册，同年登陆新加坡，火爆新加坡。

2017年，《驭兽斋》简体版再版。

2019—2020年，在起点中文网连载小说《龙王大人在上》，全文140万字。

2021年，于酷匠网创作小说《少年，1927》，全文25万字；2022年5月，同名图书由南京出版社出版。

本文首发于《青春》杂志2022年3月刊。

网络文学：引领大众阅读想象力的风帆
——黑山老鬼访谈

黑山老鬼　李玮　蒋天昊

引言

2022年1月3日，《从红月开始》完结。这部作品被认为是2021年度最富创造力和影响力的作品之一，为网络文学的发展做出了里程碑式的贡献。这不仅在于超4.5万人次的均订让它成为年度爆款，而且在于它创造性的设定、深刻而现实的立意、精巧而完整的构思，代表了近年来网络文学在开拓想象力空间方面的成就。从呕心创作五部仙侠，到人生被风雨吹打后灵光忽现，黑山老鬼的访谈也印证，创造性内容的输出，正成为网络文学作家的自觉追求。我们看到，在弘扬传统文化方面发挥重要作用的网络文学，也在以蓬勃的想象力，推动传统文化以另一种形式生生不息地发展。

李玮：您好！首先祝贺《从红月开始》完结。这部作品是我们评论中心“网文青春榜”首推的作品，它立意新奇，想象力惊艳。网络文学虽然发展时间不长，但其实也经历了几波潮流，想象力和创新力是网络文学得以凝聚的重要保证。我们觉得《从红月开始》是2021年这方面最好的作品之一，也是网络文学发展史上一部里程碑式的作品。因此，我们十分好奇您这样一部作品是如何诞生的。首先，您是因为怎样的契机开始创作网络文学的？

黑山老鬼：我是从2014年开始网络文学创作的。因为我从小就挺喜欢写作的，也看了很多很杂的书，既包括武侠小说，也包括古典名著。各种书看下来就难免有了写作的欲望，但当时条件并不是很好，没有静下心创作的机会。而网络文学平台在那时候比较方便发表，于是我就开始在网上进行创作。

李玮：您的笔名和《倩女幽魂》有关吗？

黑山老鬼：对的。因为《倩女幽魂》是我看过的最经典的作品之一，直到现在我依然这么认为。对于当时的我而言，它为我打开了一个新世界。徐老怪的想象力太天马行空了，我特别喜欢那部作品。

李玮：这也是您一开始就创作仙侠作品的原因吗？

黑山老鬼：有一部分是。那时候特别想创造一个世界，感觉这是一件特别有意思的事情。

李玮：其实在2014年之前，网络文学界就已经出现了诸多仙侠类型的作品，比如《凡人修仙传》《诛仙》，您有没有受到它们的影响？

黑山老鬼：肯定有一些影响，但更多的是受到之前看过的金庸、古龙、温瑞安、梁羽生的武侠作品的影响。我只是套用仙侠这个题材去写而已，我认为仙侠和武侠是相通的。

李玮：通常作家在自己的第一部作品中都会蕴含他对自己创作的某种期待，能不能在这里跟我们分享一下您对《瘟仙》的构思?

黑山老鬼：当时我写了很久，也尝试了很多次，终于有一个题材可以正式签约并上架，而且得到了一定的读者认同。在《瘟仙》之前，我更多的是在尝试，尝试过很多不同的题材，但总是连第一步都走不下去。当时没有学会如何让自己的故事有吸引力，其实进行的都是失败的尝试。《瘟仙》算是一部在一开始就有着一些成功特质的作品，虽然现在看来成绩也不是很好，但放在当时已经很难得了。

李玮：从《瘟仙》到《掠天记》，您的阅读数据有了很大的提升。

黑山老鬼：《瘟仙》这本书至少让我知道了前期应该怎么写，知道了在前期如何尽量地避免问题。这使得我在写《掠天记》的时候，前期比较有信心，可以让这本书有个作品的样子，不至于那么快就让世界观构架失去平衡，把故事讲得像失去了把握一样。《瘟仙》确实是个试水的作品，让我学到了很多东西。

李玮：《掠天记》中，您开始在角色的人设上进行创新，比如方行的性格强势桀骜，快意恩仇。您当时是怎么想到要用这样一个人设的呢？

黑山老鬼：写完《瘟仙》之后，我知道如果我真的想在这个行业内发展，就需要有自己的代表作，需要把一本书写得更吸引人。一开始写作的时候，我没有塑造人物的意识，只是下意识地去写。而写《掠天记》的时候，我就开始有意识地塑造人物，选择了一个比较突出的性格。再加上那段时间正是自己年轻、精力旺盛的时候，感觉这样一个作品更能代表自己。其实说方行强势桀骜也好，“又浪又贱”也好，快意恩仇也好，我创作这个人物的核心是那股劲儿，是那种即使从头开始也无所畏惧的感觉。

李玮：接下来您写了《大劫主》，我也看了一些您的相关介绍，还有您书中的完本感言等。我们也挺好奇方原和洛飞灵的情感线，以及您对此的写法，能和我们分享一下吗？

黑山老鬼：其实当时我写作受其他书的影响比较多。当时几本比较火的书都是后宫题材，就是男主需要娶很多老婆。写《掠天记》的时候我也下意识地沾了一点边，但是我感觉这种写法的效果并不好。另一方面，我本身不喜欢这个内容，就像我也不喜欢杀人夺宝的剧情，不喜欢把每个人都描写得非常黑暗。写《大劫主》的时候我就开始有意识地改变这些写法了，最终我塑造了一个脚踏实地、靠自己能力一步步向上走的主角，而且他不管遇到什么情况，都只喜欢一个人。应该说，我是借这本书来表现了一下我的三观。

李玮：《大劫主》之后您写了《九天》。我记得您说《九天》写得比较艰难。

黑山老鬼：写《九天》的时候，我就已经开始感觉到那股劲没有那么顺畅了，当时还不知道原因，现在回想起来就很明白了。因为网络文学本身是在迭代的，但我们每个人都希望自己学会了一种写法之后可以吃一辈子，我之前的潜意识里应该也是有这种想法的，所以创作的内容都是比较老一点的东西。当时我有些迷茫：为什么成绩总是提不上去呢？现在看来，其实就是因为创作的内容老了，吸引不到读者，自己也因为没有激情而感到很疲惫。包括后来的《白首妖师》也一样，明明自己已经下了很大功夫，为什么成绩还是上不去？直到后来我忽然意识到，是因为我下功夫的方向错了，只在剧情上下功夫，但传达出的理念和设定的世界背景都是一些老套的东西，因此就很难吸引读者。

李玮：我非常认同您的观点。后来您在写《白首妖师》的同时双开了《从红月开始》，这是一个偶然的尝试吗？还是您一直都有这样一种想法？

黑山老鬼：说偶然也是偶然，说必然也是必然。因为我其实一直都有创作一些新东西的想法，在写《白首妖师》期间创作了很多。而《从红月开始》的开头写出来我就比较满意，我也比较喜欢它传达出的感觉。但当时我也在犹豫要不要写下去，犹豫了几个月，最终我决定尝试一下。而且我一开始也没有想靠它出成绩，只是想发出来，就像写个随笔一样写着玩，后来没想到，它的成绩表现挺好的。

李玮：近期很多科幻创作的设定要么是纯科幻，要么在科幻里面添加其他元素，例如网游、奇幻、无限流等。它实际上还是有一些老的，或者说一些现有的、继承性的元素在其中。但《从红月开始》的设定十分新颖，而且抓住了心理的主题。我们非常好奇作家对此有没有一种自觉的感受，您为什么会想到写这样一种有关心理的“精神污染”的设定？

黑山老鬼：其实我有一段时间有轻微的抑郁症。总的来说，那种感觉并不好受，但那种感觉也确实是自己之前理解不了的。做网络文学这一行的人都有一种表达欲，我想通过自己写的东西，让人感受到，或者至少理解这种感觉。同时我也看到，现在大家都生活在大城市里，心理压力大的人有很多，这甚至成了一种现象。于是我就开始在作品里面加入心理元素，只是给它包裹上一层科幻的外皮。而且，也正因为我想表达的东西比较新鲜，确实没有办法再套用一些老的东西，我只能不停地学习，并进一步加强自己的小说设计，去做出一些新的东西来。我感觉这是一种很健康的做法。

李玮：《从红月开始》开场就很惊艳，您当时开章的设定和构思是怎么来的呢？

黑山老鬼：这经过了很多次修改和选择。有一次我跟全金属弹壳聊天，他给了我一些灵感。之后我就立刻把这些灵感加以改造，多加了一层，做成了三层反转式设计，把《从红月开始》的开头写出来了。因为当时就是想写一些新鲜的东西，它要能代表我心里的想法。而这个开头写出来，我就觉得它表达出我一开始想要的那种感觉了，至少这个味道对了。

李玮：您觉得在写《从红月开始》的过程中最艰难的地方是什么？

黑山老鬼：最艰难的地方是一边学习一边写吧。因为写这本书的时候，后期的大纲和设定都没有做准备，我就需要一边创作故事一边丰富世界观，这其实是一件挺累人的事。最关键的是，我完全没法用以前的经验，《从红月开始》的写作需要的都是一些新的东西。我更不能随便设计，因为这本书从一开始就有想表达的主题，有中心思想，我要按照这个中心思想来写。

李玮：您是否在《从红月开始》中渗透了对当下心理问题的关注呢？

黑山老鬼：是的。就像我刚才说的一样，我写作就是为了表现这种现象。因为现在大家的心理压力都很大，焦虑、抑郁，甚至可能还有一些更严重的问题，我就是想写这种现象。我一直认为，仙侠也好，科幻也好，如果跟现实没有联系的话，这本书就没有生命力，打动不了人。

李玮：许多网络文学作品都有积极向上、以人为本的世界观设定，《从红月开始》也是如此。它打动我的不仅有您新奇的世界观、对各种心理问题的折射，还有这种设定背后最基本的积极向上的力量。特别是我也看到您反复提及体面的生活，并且对社会有这样一种想象。您把每个人有钱赚，也能够把钱花出去这样一种非常踏实的生活观，以及对于世界、社会的想象融入末世环境之中，是否也在表达，即使末世的灾难到来，也只有踏实的人的理想、人的精神才能拯救世界，才能成为所谓拯救世界的神？您能不能谈谈您对末世设定的思考呢？

黑山老鬼：是的，我是感觉，人不管在什么情况下都不能放弃希望，都要往前走，并且要努力地脚踏实地地去做自己的事情。作为一种设定的末日当然不会到来，但哪怕到了末日，人如果想过好的生活，还是要脚踏实地地做事、生活。至于拯救世界，放到现实中来说，我们身边的人也好，我们自己也好，其实都不需要拯救世界。我觉得拯救了自己就是拯救了世界。

李玮：在《从红月开始》中，您通过陆辛也传达了一些关于什么是值得追求的生活、什么是更好的文明之类的想法。您也创造了非常精彩的“十三终极”的设定，我对其中的“审判”最有感触。如果说一开始您谈论的各种心理问题只是在于个体心理的话，那么“审判”就有点渗透到了社会心理，或者是哲学层面的某些问题。您是不是在现实生活中就喜欢思考这些问题呢？

黑山老鬼：我可能想得并不深刻，但确实一直保持着思考的习惯。拿一个简单的现象来说，“网络暴力”是一个热词，这种现象大家都不喜欢，大家提起“网络暴力”都持反对态度。但是很多时候，大家却在无意识之中或多或少参与其中。从另外一个角度出发，是因为有人对一些事看不惯，一些人想把自己代入对某种社会现象的“审判者”角色里，但这种审判的力量是不受控制的，于是这种想要“审判”的现象就从好的出发点开始，一点点蔓延、发酵，变成了坏的现象，最后演变成“网络暴力”。我们能够拒绝或躲过这些情况吗？不大可能。我们只能认清它。有的时候，我会对这种情况感到很失望。

李玮：从《瘟仙》到《从红月开始》，很多人说您的剧情架构越来越完善了，对此您的诀窍是什么呢？

黑山老鬼：我的诀窍一直是做大纲。你要把大纲做完整，要知道你想表达什么内容，想做怎样的故事。当你明白了这两点之后，再把大纲拆分成几卷，分别设计它的小主题和剧情。这样我们写作起来就比较简单了。

李玮：现在网络文学正在更新换代，正在发声。近年来克苏鲁、诡异流等写法也非常热，您当时在创作末世设定时有没有受到《诡秘之主》等相关作品的影响呢？

黑山老鬼：这个是有的。尤其是《诡秘之主》，它是第一本让我在阅读时一下打开了新世界的书。我当时就想：天呐，原来书可以这么写。后来我开始创作《从红月开始》时也在想，如果能写出一本类似《诡秘之主》的书就太好了。只是后来我发现，越写越跟想象中的不一样了。我还是选择了以表达其中的情绪为主。

李玮：《从红月开始》完结后，您接下来的创作计划是什么呢？

黑山老鬼：我还没有具体定稿，但我的目标是很明确的，我还是想要做一些新的东西。不管是题材也好，故事也好，我想加入更多的创新，去做好玩的故事，有趣的原创。

李玮：网络文学近几年有缩短篇幅的趋势，虽然我们都知道起点还是流行大长篇。您有没有放弃大长篇的想法呢？

黑山老鬼：我本来就在有意缩短篇幅。《掠天记》我写了500多万字，但后来我就再也没写过那么长的作品了。就我想表达的东西而言，500万字太多了，300万字已经是一个故事及其表达的内容都很圆满的篇幅了。而且我现在越来越倾向于重视原创，“原创”两个字是最重要的，大家都要做内容，都要把一些没有人做出来过的内容做出来，我感觉这是最有价值的东西。

李玮：非常认同您的观点。您对网络文学未来的发展有怎样的期待？

黑山老鬼：我觉得必然会越来越好，因为我们是在做内容，不是乘着东风而起。我们不是看着行业发展了，去赚点油水、吃点红利，我们不是这种性质，我们是一批在做内容的人。我们做的东西都是原创，原创的东西是天生有价值的，所以这个行业是一定会越来越好的。

李玮：有很多人说，因为短视频的冲击，网络文学的流量在下降。虽然各个大小网站反馈的数据显示流量确实没有特别的变化，但是可以看到很多人的习惯发生了变化，比如原来在地铁上人们是看网络文学，现在是看短视频。您对此是否担忧？

黑山老鬼：我自己也刷短视频，也玩游戏。我觉得这些跟做故事，跟做原创的事没有关系，这是不同的东西。我们做原创，做的是故事的价值，而这个世界永远需要有价值的故事。不管是做漫画也好，做动画也好，做电视剧也好，做电影也好，你会发现最重要的东西都是内容。而我们是一批做内容的人，我感觉这样的人是不需要担心其他事情的，只需要认真地做好有价值的内容。

李玮：我也非常认同。您能不能透露一下什么时候会开下一部作品？

黑山老鬼：预计两三个月吧，但也有可能哪天来了灵感，下个月就开新书了。我现在确实没有明确计划，我想先把以前的一本书《白首妖师》完结，这毕竟关系到我们的职业素养。

李玮：我们也期待您的《白首妖师》完结和新作品的出现，谢谢。

黑山老鬼创作年表

2014年，《瘟仙》（幻想修仙类，已完结），起点中文网；

2015年，《掠天记》（幻想修仙类，已完结），起点中文网；

2017年，《大劫主》（修真文明类，已完结），起点中文网；

2019年，《九天》（幻想修仙类，已完结），起点中文网；

2020年，《白首妖师》（幻想修仙类，连载中），起点中文网；

2020年，《从红月开始》（进化变异类，已完结），起点中文网。

本文首发于《青春》杂志 2022 年 4 月刊。

如何创作精品现实题材网络文学？
——卓牧闲访谈

卓牧闲　李玮　钱羽洁

引言

卓牧闲，现实题材网络文学创作的标杆。他是现实题材网络文学创作中能够实现阅读量均订过万和正能量传播双丰收的作家。深入一线生活，掌握一手素材，是卓牧闲现实题材创作获得成功的重要原因。本次对卓牧闲的访谈呈现了他观察警民生活的诸多细节，也为创作精品现实题材网络文学作品提供了诸多参考。2022年5月16日，卓牧闲的新书《滨江警事》于起点中文网官宣上线，这是他在警务题材系列中的又一力作。对此，我们充满期待。

李玮：您好！您以《超级警监》开始网络文学创作后，还尝试过架空历史、玄幻题材的小说，订阅成绩却不够理想。但是2016年您重新回到都市题材领域，创作出了广受好评的《韩警官》。我们想知道您当时回归警察题材的心路历程。

卓牧闲：当时倒没有刻意地选题材，之前成绩不好我很在乎，但主要在乎的是有没有成就感，稿费多少倒不重要。因为那会儿纯属自娱自乐，没想过靠写小说养家糊口。之所以回头写《韩警官》，是因为身边一个很好的警察朋友积劳成疾牺牲了，那会儿还有很多人不理解，在网上说一些风凉话，这件事对我的触动很大。我突然想写一本书，想让读者们知道真实生活中的警察是什么样子的。

李玮：您的警察系列，主角从具有特异功能的韩均（《超级警监》）、重生的韩博（《韩警官》）乃至基层民警韩朝阳（《朝阳警事》）和缉毒警察韩昕（《老兵新警》），“金手指”变弱，主角“普通人”的气质越发突出，他们也会有买房、相亲等烦恼，这是否可以理解为一种现实化的转向？您能谈一谈这一创作转变的原因吗？

卓牧闲：是的，我一直在转变，促使我转变的原因主要有两个：一是看我书的警察朋友越来越多，许多警察朋友认同我，甚至感谢我为他们“代言”，所以我要把故事塑造好，不能让他们看着像童话乃至像笑话；二是我虽然是个“新人”，但年纪却不小，有两个孩子，尤其是女儿，那会儿上小学，现在都已经上初中了，我想成为孩子们的骄傲，让俩娃可以拿着我的书骄傲地告诉老师、同学和朋友，爸爸是作家。

李玮：您在创作过程中，深入基层警察生活，对此您能详细地和我们谈一谈吗？

卓牧闲：我深入派出所、刑警队和社区警务室，跟基层民警、辅警交朋友，了解他们的工作日常，倾听他们的心声。看到民警忙到忘了自己的生日，孩子捧着蛋糕去所里为他庆生时，我心里很不是滋味儿；看到许多民警一年出差办案200多天，经常连家都回不了，我才真正明白“哪有什么岁月静好，只是有人在替我们负重前行”；当看到有民警不但流血流汗甚至还因为群众的不理解而流泪，我心里跟他们一样憋屈；当看到民警们终于破获案件时脸上洋溢着笑容，我也跟着充满成就感……他们不只是给了我灵感，而且给了我素材，所以我很感谢他们。

再就是要感谢我们海安公安局乃至市委的领导，因为有许多作者朋友想写警察或别的现实类故事，也想深入一些单位体验生活。但人家在宣传上有纪律，不知道你会写成什么样，所以一般不敢让我们这样的网络作家去。而这些对我来说不是问题，领导们对我很信任，民警朋友们很欢迎我，给我提供种种便利。

李玮：我们留意到您笔下的主角能够在时代的洪流中抓住机遇，如韩均因为“海外高层次人才引进计划”一跃成为“三级警监”；如韩博抓住了丝织厂改制的机遇，从经济民警转而变为正式的公安民警；如韩朝阳赶上了分局树立深入社区、扎根基层的典型的决策，被重点培养；如韩昕因为边防改制从守边老兵退役成为人民警察……您认为个体与时代是怎样的关系呢？

卓牧闲：这个题目有点大，还是说说我自己的感受吧。我是“70后”，是踏着改革开放的浪潮成长的，亲身经历了这40多年里翻天覆地的变化。这些变化不只是拔地而起的高楼大厦，也体现在一个个普通人身上，他们有的通过辛勤劳动改善自己和家人的生活，有的通过拼搏获得事业成功。所以我觉得由点及面，把这些人的故事写出来，就能真实地体现这个朝气蓬勃的时代。

李玮：您笔下的警察已有社区民警、缉毒警、办案民警等不同类型，专注于现实题材的您今后会有其他类型的“警务文”推出吗？有没有关于其他题材的创作计划？

卓牧闲：短时间内不会再写警察文，因为之前写了那么多，感觉自己都已经被“掏空”了，需要一段时间来沉淀，并且我的读者看了那么多本，再看也会审美疲劳。原来我打算写一个关于基层法院法官的故事，但在法庭体验了一个月生活，依然觉得积累不够。但我们网络作家又不能长时间不写，不然老读者会忘记你。所以先开了一本历史类的，其实我很喜欢历史，跟喜欢写警察文一样喜欢写历史。

李玮：您怎样理解现实题材网络文学与传统现实题材文学的异同？您对现实题材网络文学的发展得失怎么看？

卓牧闲：写现实题材网络文学的作者大多很年轻，生活在最好的时代，同时考虑到市场的反应和读者的阅读体验。

所以现实题材网络文学非常正能量，写的都是积极向上、心潮澎湃乃至大气磅礴的中国故事。从事传统现实题材文学创作的作者可能考虑得更多更深远，故事中会有一些对人性的挖掘，对一些社会现象的反思乃至批判，完全是两个方向、两个路子。但我觉得现实题材网络文学大有可为，因为它紧跟时代，紧抓时代脉搏，能激起当下读者尤其是年轻读者的共鸣，而这个世界不就是年轻人的嘛。

李玮：您会考虑尝试其他类型的网络文学吗?

卓牧闲：考虑过，我正在写历史，甚至想写写玄幻，我不想让人家以为我只会写警察文。不夸张地说，写网络文学、看网络文学已经成为我生活中最主要的一部分，我想多一点尝试，不想一成不变。

李玮：据我们了解，您参军和从事法律工作的经历为您创作作品提供了不少帮助，在您的作品中会涉及许多法律条例和相关政策的介绍，十分注重细节的处理和对历史事实的把握，但有部分读者反映有时候会像在“读教材”。请问您如何兼顾作品的严谨性与趣味性呢?

卓牧闲：刚开始确实存在“读教材”的情况，因为我不是一个才华横溢的作家，我甚至没接受过系统的文学教育。刚开始不会写小说，遇到法律条文有关的情节不知道该怎么处理，写着写着进步一些，现在知道不能“读法律条文”。情节上再有这方面的需要，开个头，用省略号就完事。但必须有对话、心理或其他描写，让读者知道省略号真正想表达的东西。

李玮：《韩警官》正在改编成电视剧，这是一部300多万字的长篇小说，不单单是主人公韩博的成长史，更涉及盗窃、凶杀、拐卖、走私、贩毒等多种犯罪情节，“全省第一打拐”“中国第一税案”等都具有极强的现实意义。复杂多样的内容在改编时相对应会产生一些困难，您对于作品影视化有什么想法呢？

卓牧闲：坦率地说，我没任何想法，因为我一直在想，脑子里整天想着现在的故事怎么往下“编”，连孩子几岁、什么时候生日都不记得了，根本不会想那些。值得一提的是，我只要开新书就会先“清空”脑子，别说几年前的《韩警官》《朝阳警事》，就是刚完本的《老兵新警》我都不记得情节了，回头看看感觉像是别人写的。

李玮：您在诸多场合都说网络文学实现了众人的“中国梦”，能给我们再具体分享一下这方面的想法吗？

卓牧闲：可能是年龄的原因，我有时候考虑得很现实。套用一个说法，我们“跳出网络文学看网络文学”，它真是一个没有门槛、没有天花板、没有权威，全凭一个人自己的才华、努力和一点点运气便能养活自己，乃至能获得成功的行业。

博士硕士可以写，中学毕业的人也可以写，只要感兴趣，只有小学文凭的人一样可以注册个账号写。而且它投资非常小，只需要一台电脑甚至一部手机，再加上一点时间成本，比别的创业方式靠谱多了，即便失败也不会赔多少钱，更不会连累父母。

它给了无数人希望，而现在的年轻人最需要的就是希望。事实上很多年轻人，甚至有很多学历不高的作者（其中就包括我），通过网络文学获得了成功，我认为这就是“中国梦”的最好体现。

李玮：作为资深的网络文学阅读者和创作者，您对目前的网络文学发展有怎样的看法呢？对于网络文学的未来又有哪些展望呢？

卓牧闲：这个问题对我而言很矛盾。作为一个读者我都快没书看了，觉得现在的网络小说越来越“扯淡”。尤其这两年，每次看到那些新书的书名，感觉像是“群体降智”，但作为一个作者我又能理解，不这么写就没读者看，没读者这碗饭就吃不下去。其实这个现象在别的行业也存在，但不管作为读者还是作者，我都希望网络文学会越来越好，衷心希望读者能有好书看，作者能赚到钱。

卓牧闲创作年表

《超级警监》，2015年4月上架，2015年9月完结；

《越南1954》，2015年上架；

《江山皇图》，2016年上架；

《韩警官》，2016年5月上架，2017年9月完结；

《朝阳警事》，2017年9月上架，2019年2月完结；

《韩四当官》，2019年3月上架，2020年9月完结；

《洋港社区》，2020年9月上架，2020年12月完结；

《老兵新警》，2021年2月上架，2022年1月完结；

《守捉大唐》，2022年3月上架，2022年5月完结；

《滨江警事》，2022年5月上架。

本文首发于《青春》杂志 2022 年 5 月刊。

人民史观与“清穿文”
——南方赤火访谈

南方赤火　邢晨　李玮

引言

由微观经济学牵引近代史脉络，将人民史观渗透“清穿文”的写作，在世界视野下反观中国的现代化进程，南方赤火的《女商》注定在“穿越”题材网络文学史上留下独特的印记。这部作品似乎是对剑桥大学方德万教授所著《革故鼎新：海关与中国现代性的全球起源》的经验化呈现。女主人公作为底层孤女，在处处生“变”的晚清，如何思考和成就个人与民族的历史？《女商》以丰满的历史生活细节与立体式的时代群像共同为“晚清时刻”打开了“人民”的视角。

从科幻到古代言情，南方赤火的创作变化似乎难以捉摸，冷门的题材与深度的考据也让人好奇作者之于写作的关系。与南方赤火的访谈揭开了《女商》背后的故事，她兼顾脑洞之轻盈与历史细节之丰盈的创作历程，也让我们看到，网络文学如何以最鲜明的故事性举重若轻地传递思想性，网络文学作者如何以深厚的积淀、流丽的笔锋写就新世代文学的篇章。

邢晨：赤火您好，很高兴能有这样一个机会与您交流。我们在晋江的专栏了解到您最早的一部长篇小说《旧家燕子傍谁飞》发表于2015年7月。您当时是出于怎样的契机开始网络文学创作的呢？在这之前有没有尝试过传统的投稿方式？

南方赤火：有的，我从小学三年级就开始投稿了，刊登小学生作文的刊物用稿标准比较宽松，但凡投稿只要字句通顺都会采用，我当时的时间和精力相较于其他小朋友更充沛，有过几次这样的尝试。很多写作爱好者都有过这样的经历，写一些班里的事情，在同学们之间传抄，并因此经常获得被推荐参加征文比赛的机会。当时班里还订阅了一些杂志，我浏览过后，发现其中一些文章写作水平并不高，由此萌生了自己投稿的想法。亲戚们看了我的作文，也鼓励我去投稿。不管这是否是亲戚间的客套话，像我那个年纪的小朋友难免会当真，这也更坚定了我当时去投稿的想法。那时候投稿还是去邮局，将邮票贴在装有作品的信封上，是一件非常有仪式感的事情。领稿费也是从邮局领回支票再去银行换钱，当时我年纪还小不会去银行换钱，还有稿费一直没有兑换。

我在晋江写长篇并非心血来潮，而是脑海中一直有写长篇的想法，然后在一个有许多作业却因为拖延而不愿意动笔的假期，开始了《旧家燕子傍谁飞》的创作。我一直是晋江的忠实用户，所以毫不犹豫地选择了晋江作为发表平台。年少时也曾有过“我要靠写作挣钱，一鸣惊人，当大作家，让版税滚滚来”的想法，但是在稍微研究了一下当时的网络文学生态后，我发现想要以此谋生并非易事，就只将它当作兴趣了。

写《旧家燕子傍谁飞》这篇古代言情小说算是我创作道路上的一个转型。因为我之前写的小说都属于科幻类，你可以看到我的专栏里有一些科幻题材的短文。我以前也在《科幻世界》发表过文章，当时它有一个栏目叫作“校园科幻”，专门鼓励小孩子写科幻小说。我从小就非常喜欢看《科幻世界》，那时候它虽然在科幻作品界很有名，但对于学生群体来讲相对小众，我在上面发表作品所获得的反响还不如在学校的征文比赛中拿奖。

邢晨：您对于写作的爱好是否受到了家庭环境的影响？

南方赤火：家庭环境的影响可能只是一方面，家长没有粗暴地干涉我阅读的兴趣。每个孩子阅读了大量课外书之后都会有写作或者讲述的欲望，不同的是，有些人选择讲出来，他可能就成了“故事大王”，有些人则选择写出来，或者把创造力发挥在其他方面，而我恰好是把创造力发挥在文字上面的那一个。我从小就很喜欢写作，第一篇真正成型的文章应该是作为记者在我们当地的学生报纸上刊登的一篇采访。我经常写一些自己感兴趣的故事，在各种刊物上投稿一些短篇作品，比如青春文学和科幻文学等，就这样一直维持着对文字的兴趣。

邢晨：从最开始的科幻，到现在的古代言情，跨越还是比较大的。

南方赤火：我也曾很疑惑自己的转型，但后来我理解了这一点。对小说来讲，最重要的是它的故事内核，我读的故事越多，就越觉得很多小说虽然类型或背景不同，但都有着相同的内核。所以，从科幻到古代言情，这一转变其实并不突兀，对于一个想讲故事的人来说，故事背景是星际世界还是古代世界都不重要。当我的知识面逐渐丰富，我发现比起科幻世界，自己对历史的想象与憧憬更多，就自然而然地选择了以历史为背景进行写作。而且，科幻小说也不仅仅在书写未来，《科幻世界》曾经刊载过很多以历史事件和人物为背景并且有科幻内核的幻想小说，比如以西周偃师制造“倡者”的传说为背景创作的小说，这一传说被认为是中国古籍中最早关于机器人的记载。科幻小说可以反映历史脉络，历史小说也存在很多超越时代的内容，所以我觉得它们之间存在同一性。

邢晨：对您来说，最初的网络文学创作受到了哪些文学作品的影响呢？

南方赤火：《水浒传》算是我的名著启蒙。很多人接触四大名著都是从《西游记》《红楼梦》《三国演义》开始，但我在童年时期阅读的第一本名著却是《水浒传》，不知道是什么缘故，它对我而言有着非常强烈的吸引力，也许是书中那种强烈的江湖草莽气给我留下了深刻的印象。我小学二年级第一次熬夜，就是在翻阅《水浒传》，虽然读不出过于复杂的内涵，不理解什么是“招安”，但是武松打虎、驾船开战等冒险性的情节还是勾动了我的心弦。童年时期的读物总会给我们留下贯穿一生的影响，因为那时的阅读一定是纯粹的、无功利的，只有对故事后续如何发展的好奇。《水浒传》也确实影响了我后来的网络文学创作，我在晋江写的第一部同人文就是水浒同人，在名著同人创作中算是较为小众的一类。

读完《水浒传》，我开始接触金庸和古龙的作品，被其中刀光剑影的武侠世界吸引之后又去订阅了《今古传奇·武侠版》，所以武侠小说也可以算我的启蒙读物。有趣的是，我一边读着武侠小说，一边向《科幻世界》投稿，似乎有些“精分”。当时学校图书馆还藏有许多侦探推理类小说，《卫斯理系列》《福尔摩斯探案集》《亚森·罗平探案全集》在我的学生时代都曾风靡一时，我也很喜欢阅读这些小说。如果说《水浒传》和金庸、古龙的小说是让我朝着古典主义和武侠世界狂奔的重要推动力，那么侦探推理类小说又为我开拓了另外一个阅读分支。

邢晨：您的水浒同人文《穿成潘金莲怎么破～》，按照当下的网络文学分类，算是在“男频文”里写女主，在独特的世界背景中刻画一位穿越者的故事。

南方赤火： 如果按照当下的分类，过去的大部分小说都可以被看作“男频文”，《西游记》就体现了男频文中经典的冒险夺宝模式。“男频/女频”的划分其实过于简单化了，我相信为一篇心爱之作写同人文是很多作者都有过的经历，他们真心希望从原著中衍生、演绎新的内容。不敢说我真正读懂了《水浒传》，但我确实能清晰地回忆起很多细节，《水浒传》的故事就内化在我心中，以至于每当我想到一个情节或者一个故事框架时，都会思考它在《水浒传》中是否曾经发生，又如何展开，如果更换其中的一个条件或人物后会发生什么，久而久之，这个故事就自然地生长出来了。通过创作这部水浒同人文，我第一次“试水”穿越小说，磨炼了写作技巧，也为之后的写作打下了基础。

邢晨： 您笔下的作品大多有着很强的历史感，您也被读者称作“考据党”，能不能和我们分享一下您考据的目的与方法？

南方赤火： 我其实也没有“标榜”自己是“考据党”，因为不管考据到什么程度，都会留下破绽，如果再给自己贴一个标签，就会有比我更专业的人来深究。可能大家觉得我在考据方面比别人下了更多的功夫，就把我称为“考据党”了。

最初进行考据是为故事讲述服务，因为我会在写作时构想很多细节。比如我会想1860年的中国是怎样一副面貌，主人公走在街上会看到什么物品，她坐在馆子里会点哪种菜，她面前的桌子、椅子、盘子都是什么形状和质地，店小二对她持哪一种态度，她用餐时身边会发生什么事。尽管这些细节不会全部被写入剧情，但是我必须要在脑海中构建这样一幅图景。如果只是因为不熟知历史，导致脑海中的景象拼图空缺或者错误，我会比读者更难受，所以动笔之前我会先把后续行文时需要用到的细节考据出来。在考据过程中也许会发现一些更有趣的细节，进而激发我新的创作灵感和情节构想，所以考据不仅是在帮助我补全故事场景，也助推了故事进程。总而言之，为故事服务是考据最重要的目的，尽管有时候我在考据的过程中会了解到一些有趣的典故，但是只要无关剧情，我还是会忍痛割爱，可以说读者在文中看到的所有细节都是我认为与剧情密切相关的枝蔓。

我考据采用了“滚雪球”的方法，这与我做学术时寻找参考文献的方法相同。最开始我利用网络搜索关键字寻找到一些有趣的资料片段，又由此发掘出更多的陌生名词。当我发现我不了解的知识，或者和常见的“古言”设定不尽相同的地方，就会去刨根问底，久而久之，就像“滚雪球”一样，能够建立起一个随取随用的资料库，有一个专门的笔记本来承载它。另一个办法是广泛地阅读该时期的文学作品，比如写《女商》时我会想到《清稗类钞》等讲述清末轶事、描述当时社会状态的笔记小说。

查阅资料虽然烧钱，但我也不会夸张到只为了寻找几句话就去孔夫子下单几百块的绝版书。遍寻无果的情况下，我会选择“私设”，但不会在重要的事件和数据上“魔改”，而是立足资料，自圆其说。当读者问起这些细节时，我也会如实告知他们哪些是史料，哪些是演绎。在业余人士中，我可能算是较为“专业”的资料查阅派，但也经不住读者们对细节的推敲。

对我来说，“考据”是一个学习新内容的过程。毕业后雷同的工作内容以及对相同知识的频繁使用，会让整个人停滞不前，这个时候就需要让自己跳出舒适圈，学一些陌生的知识，不断充实自己。

邢晨：考据较为耗费时间，而更新又要求快速产出，您如何平衡考据和更新之间的关系？

南方赤火：在“更新”方面，我自认为是一个非常勤奋的作者。虽然我完成一篇小说后会休息很长一段时间，但是一旦开始创作就会日更6000字。我更新的文章不一定是当天写好的，很多情节的走向需要提前做好相应的积累工作，至少在动笔前我会将前20万字所需要的背景资料准备好，这就像很多人常常提前几个星期为旅行做好安排一样。我喜欢“计划型”写作，绝对不会“现上轿现扎耳朵眼”。

在“考据”方面，我如果在行文过程中想细化某些情节，就会以资料库的数据为基础进行检索，而前期积累的丰富材料会加快我的检索速度，往往是在资料库上输入关键词，浏览一遍相关资料，心里对概念有所把握后就继续写。虽然主要的情节和故事走向已经确定，但写作的过程也是不断发现新素材，为情节和人设添砖加瓦的过程。所以，规划要有，但不必过于细致，创作的变数永远存在，这也是其乐趣所在——总会有新的灵感和知识来找你，临场应对即可。

邢晨：您在2021年完结的《女商》中讲述了一个高中生穿越至晚清，在民族危机和时代浪潮中挣扎求生的故事，被众多读者称为2021年的“年度TOP”。这部小说的诞生有着怎样的契机呢？

南方赤火：刚开始写《旧家燕子傍谁飞》的时候，我将自己定位为“扑街考据党”，数据扑街，写作圆梦。第二本《穿成潘金莲怎么破～》突然小火了一阵，在2016年的晋江得到了5位数的收藏，非常难得，很多读者都来问我下一本的写作计划，我就觉得有必要开“预收”了。虽然想法尚未完善，但我先起了一个“卓尔不群”的题目挂上专栏。

将小说背景放置在晚清，是因为我隐约觉得如果有一个主角在当时的历史中发生一些故事会很有趣，但具体故事如何还不甚清晰，这个预收也就一直挂着。一直到2020年，读者们催更，我才开始严肃地思考故事的具体内容。但真正把此前零碎的想法搭建成一个完整的故事并未耗费太长时间。

作为一个久“鸽”不更、不受deadline（最后期限）追赶的业余创作者，我有一个较为放松的心态，在生活中慢慢留意相关的人物形象，设想他们能在我的故事里扮演什么样的角色，能否用来搭建背景或者做一个配角的原型。小时候老师经常讲，拿到一本书后带着问题去读才能有更多的收获，那时候不明白其中的缘故，觉得认真地从头看到尾就足够了。长大后才明白无论是读书还是创作，都需要我们有目的性地吸收知识，选择性地完善自己的知识体系，就如同推着购物车去逛知识的超市，看到需要的东西就装进去，最后为物品付款，获得故事的背景素材。搭建《女商》框架的过程持续了几年，当我觉得素材积攒充足，故事业已成型的时候就开始动笔了。比起以历史更为久远的朝代为背景创作的古代言情，以晚清为背景展开故事的优势在于其距今较近，文物和资料保存更完整，而且在旅游时也更容易遇到相关的历史痕迹。

邢晨：《女商》是一本很不一样的“清穿”小说。女主“反套路”地穿越到一个濒死、潦倒的小女孩身上，小说侧重于刻画女主从底层一步步往上攀登的过程，“爽感”也就来自这个“低开高走”的进阶过程。

南方赤火：其实选题成型后很久，我才意识到《女商》会被分类到“清穿”一栏，与一堆“和四爷谈恋爱”的文一起上榜。当时它也是在“现言”“古言”的标签里打转，最终因为自身基调的原因被改回“古言”。至于这个“清穿”的标签，是系统标注的。很多读者说它是“反套路”，但起点男频就有很多这样的小说，女频近年也出现了大量女性自强方向的小说，孤女开局，步步奋斗，可能我这部小说更为“壮烈”了一些，所以大家觉得和普通的“清穿”不一样。

在最开始确定故事基调时，我没有思考过小说的“爽感”问题，而是着眼于设计主人公的成长弧线，等真正行文时才注意到节奏问题。从底层奋斗写起，是因为“清穿”背景下主角穿越成格格、千金的文实在数不胜数，底层反而会有更多可创作的内容，人物弧线也会更丰满，这可能与我有一定的写作基础有关。

邢晨：《女商》开篇对于晚清社会的刻画让人联想起鲁迅，不知道您有没有受到这方面的影响？

南方赤火：只要鲁迅还在课本里，对我们所有人就都有深远影响，鲁迅的作品实在是一个太丰富的宝藏。鲁迅能极为敏锐地捕捉到诸多事物的本质，那种“麻木”的状态不是他创作的成果，而是他如实描述的结果。所以当我更深入地去阅读当时的文献、照片以及其他笔记小说、他人传记的时候，我发现它们和鲁迅的文章之间是相互映照的。

大家对鲁迅太过熟悉，所以看到现在的一些现象，才会条件反射地想到鲁迅。其实如果我们阅读其他人的作品，也能从中窥见当时点滴的社会风貌。我的目的是尽我所能重新呈现当时真实的世相，但水平有限，如果能够给读者留下这样的第一印象，我会感到非常高兴。

邢晨：包括《女商》在内，您善于在作品中穿插经商线，难能可贵的是您能把一些复杂的经济知识讲得通俗易懂，这是否和您的专业背景有关？

南方赤火：我有一个工商管理的学位，但是创作过程中真正使用课堂所学知识的时候很少，更多还是靠自己查阅资料。当代经济学跟古代经济学的规律相差甚远，我相信就算科班出身的学生，在涉及历史中的经济知识时也需要重新学习，专门寻找当时的经济史资料用作参考。但经济学的学习经历确实对我构思故事有所助益，在整体情节上也为我导引了大致方向，比如让我知道什么样的情节不可能发生、什么样的情节在经济学规律下会出现哪些走向。

能够使用“凡人语言”大概是因为我也不是专业人士，否则处在“大气层”的我就会当局者迷，很难用通俗的语言去讲述知识。作为一个普通人，我认真考据，仔细阅读，再用我能理解的词语表述出来，如果读者能从中学到一些新的知识，哪怕只是单纯感觉有趣，我也会很开心。

我真正的专业是以数理统计为基础的社会心理学。当下的认知科学正逐渐向神经认知方面发展，像弗洛伊德、荣格等人的心理分析理论已经过时了，学术界前沿已经不倾向于以其作为依凭进行学术研究，我也避免在小说中使用很多心理分析的内容，比之有些已经成了“玄学”的观点，我更喜欢扎实的数理统计。不管是写作还是找资料，主要帮助我的还是理科思维。如果要送寄语给相同专业的读者，那就是学心理学的同学一定要打好扎实的数理统计基础！

邢晨：心理学专业的作者似乎侧重于刻画人物的成长性，注重描写内心的变化和性格的多维性，这其中就包括了您刚才提到的“人物弧光”。

南方赤火：因为想尽量写得真实。举个例子，路上看到一个小偷，有些主角选择去抓小偷，有些主角假装没看见，有些主角暗地里找回失物送还失主，不同的行为有不同的动机和结果。如果放在不同的环境里，就算是同一个主角也会做出不同的选择。在此基础上排列组合进行创作，就能体现出人物不同的侧面，如果能把它们写清楚，就会诞生一个很有特色且容易被读者记住的人物。塑造一个丰满的人物形象，自己写起来也更轻松，因为我会想，碰到这个情节，我的主角会怎么做，这种对于人物选择的推理反过来也能助推人物人设的连贯。

这可能也和我以前阅读的经典有关。以武侠小说两种不同的主角塑造方式为例：金庸的男主从小白开始，在各种机缘巧合之下一步步学成武功，最后成为大侠，是成长型主角；古龙的主角则是满级开场，重在用才智和武艺解谜探案。现在我偏重于成长型的主角，成长性是其魅力所在。可能以后也会尝试创作开局即满级的主角，说不准，我一向喜欢挑战自己。

邢晨：《女商》在人物设定和故事架构上非常独特，作为一部“清穿文”，您没有把重点放在女主个体的成就上，而是写出了晚清现代进程的复杂性。这部作品的独特性是不是也和您对历史的理解有关，能和我们谈谈您的历史观吗？

南方赤火：史书上的英雄人物的确很耀眼，但如果过分强调少数英雄人物的作用，不可避免地要滑向帝王将相叙事，进而指向“人分三六九等”的精英论、血统论。很多小说尤其是“爽文”都容易有此趋势，就算主角开局惨淡，中间也会“身份觉醒”，发现自己原来是流落民间的皇子公主，有灵根，是预言中的“the one”（天选之人），然后一路进阶，开启他/她高人一等的建功立业之路。这样写并不是不好，英雄母题历史悠久，是小说的一种经典范式，但如果过分依赖主角的精英性、高贵血统，就落入了下乘，也会让读者审美疲劳。相对而言，人民视角的故事并不多，我就是在创作这样一个不同视角的故事。

其实“英雄”也是群众中的一员，是被时代和社会所塑造的个体，每个人只要尽到时代的责任就可以成为“英雄”。在《女商》中我们可以看到，一个小人物、一群小人物如何参与宏大历史。林玉婵看似未能推动历史进程，但如果没有千千万万个像她这样的人努力托举，中国近代史可能最终只会沦为一部薄薄的被殖民史，不会有前仆后继的救亡图存，不会有如此波澜壮阔的景象。升华一下，这正是历史唯物主义的观点：人民群众才是历史的创造者，是历史前进的真正动力。

邢晨：《女商》的主体部分按照近代史的时间线索铺展，被读者称为“仿佛重学了一遍近代史”，能不能谈一谈您对近代史这段历史的印象？

南方赤火：我对这段历史最直观的印象就是：它和我们每个人息息相关。对于古代史而言，他们的文明虽然和我们的今天有联系，但却因年代久远而显得较为松散。比如我昨天看了三星堆的纪录片，看他们如何做青铜器、如何祭祀，我是站在一个纯粹局外人的角度去看当时的古蜀先民，只是局限于欣赏或者研究他们的建造工艺。我们现代许多人文思想和科学技术都能在近代史中找到雏形，说国民精神有点太宏观了，但我们的国民性格确实能在近代史中溯源。这是我觉得近代史最吸引人的地方，写作的时候也会有意联系一些这样的点。

《女商》评论区中的反馈也是这样。读者读到百年前的事件，会将其与他们现在的家庭生活方式、城市文化相联系，发觉本以为已经消亡的历史，却和当下正在发生的事情相互平行，这种感觉令人着迷。比如《女商》中主角在武汉停留了几章，我为此去查阅武汉当时的商业情况，发现武汉是茶马古道把南方茶叶运往俄国的一个重要口岸，也是中俄万里茶道之始。沿海城市与英美贸易较为频繁，而武汉则和俄国的贸易比较多，有悠久的茶商文化。查到这一点后，我就设置了相关的情节。在疫情开始的时候，有新闻报道蒙古国支援了疫情中的武汉3万只羊，疫情有所缓解后武汉投桃报李，回赠了蒙古国很多茶叶。没有相关的近代史知识的人会觉得武汉可能只是随便选了一件东西回礼，但其实这个信息里藏着悠久的历史。当时的武汉就在汉口加工生产砖茶，有一条非常成熟的商道途经恰克图口岸，与俄国进行贸易。当你知道这段历史之后，就会发现当下的事件和近代史一直在互动，这段历史一直是活着的。对于历史人物来说，我们从历史书上得知的可能仅仅是某个人在某一年参与了某一件事，但当你用“滚雪球”的方法加以溯源，就会发现他可能参与过两件毫无联系的事情，本以为两个完全不认识的人原来是好朋友。由于近代史留存的资料很多，所以总能有这种有趣的发现。

邢晨：在近代史中您选取了“晚清”作为小说背景，为什么会选择这样一个时刻？是否像读者所说“为了让主角在至暗时刻开局”？

南方赤火：从文学的角度来说，晚清国门打开后新思潮输入，对人民的思想是一个很大的冲击。大家开始接触不同的东西，也产生了不同的脑洞，小说的内容、体裁、数量开始逐渐丰富，这对后世的文学也产生了深远影响。通过阅读晚清的小说就能一窥当时国民显现的思想动向。在这样一个时刻，各种势力彼此碰撞，激发矛盾，而有矛盾就有精彩的故事可以发掘。不能说这个时代就是“至暗”，因为每个时代都有每个时代的暗面，对不同的人来说也是不一样的。我一直不太喜欢所谓历史中的宏大叙事，像鲁迅说的，历史都是帝王将相的家谱。仅仅使用一个词总结一个时期的历史，完全无法涵盖当时中国土地上几亿人的生活状况。也许有些人遭遇了“至暗时刻”，但也有人在那个时刻大发横财，飞黄腾达。只能讲对于整个民族来说，这是一个非常关键的时刻。我在阅读和考据时发现了这个时刻的黯淡，但我同时也发现光明的种子已经埋下，这个伤痕累累的时代下所蕴藏的光明可能超越以往几千年封建时期的总和。这些都是我自己很不专业的理解，因为我毕竟是在写小说，在刻意寻找闪光点以及矛盾激发点。如果是研究经济史、医疗史、社会史的人，可能又会得出另一种结论。

邢晨：您注重微观叙事，所以《女商》也是从小人物的视角去认识历史、切入历史。

南方赤火：可能因为我是晋江的资深读者，读过太多小说，无论是穿越还是非穿越，都以帝王将相或者其家眷作为主角。以“清穿”为例，主角从封建贵族的身份出发，实践使近代史免遭转折的梦想，这种演绎已经太多了。那当时小人物的市井烟火、普通人的境况、人民的生活是什么样子？写的人很少，但我喜欢研究这一方面，所以选择从一个底层人物写《女商》是一个自然而然的结果。

邢晨：《女商》中的女主虽然是小人物，没有开“金手指”一洗国耻，但她在历史真实的基础上，坚持在细节之处展露自己的爱国情绪。

南方赤火：每个角色做出的选择都和自己以往的经历有关。并非她准备“爱国”才做出某种选择，而是她以往的经历让她觉得在某个选择的十字路口做某种选择是无愧于心的。林玉婵是一个刚结束高考的学生，近代史的屈辱历历在目，她深知先烈走过的艰难路途，也见证了国家在21世纪的强大，所以她会时常迸发爱国的情绪，这是很正常的表现。如果把主角换成一个沉浮已久、经历过太多“社会毒打”的中年人，她穿越后一定会有不同的选择。对于一个形象丰满的人物而言，这都是她自己的选择，至于对错，并不由作者评说。原则性的问题我们都有共识，但是对于一些微小的选项，每个人都会有不同的选择。

至于女主为什么没有像很多小说里的主角一样，穿越后马上就造火箭、造军舰，然后打倒列强，让中国扬眉吐气，成为世界第一，就我资料阅读的经历来说，如果那样去写，真实性会大打折扣。这种情节写得好会很“爽”，但我写不出来。我并没有让主角拥有超级“金手指”，而是设定了一个稍微聪明一点的普通人当主角，这就注定了她不可能仅仅和男主或者几个好朋友，凭借一小拨人的力量把世界改造得河清海晏。我们无数的革命先烈之中，不乏出身好、智力优越，好像人生开挂的人，可是他们前仆后继地倒在了革命的路上，很多人都没有看到成功的曙光。如果我的主角那么容易就能改变社会的走向，置我们这千百万先烈于何地？所以我不愿意让主角轻易地改变历史。

邢晨：您对于历史的展现并不局限于我们熟知的历史知识，茶叶、棉花、海关、船舶、税务、机械制造、新闻、教会、女塾等各方面的知识都如数家珍，如此全面、丰满的知识性写作，您是如何做到的呢？

南方赤火：这就是所谓的“幸存者偏差”了。读者看到的内容都是我精心准备好的，所以觉得我很厉害。其实我想设计的、试图了解过的、想查到的专业知识，比你刚才提到的领域要多得多，但是有些我走进死胡同，找不到资料，有些我力有不逮，没有把握写好。与其出错，写一个不准确的故事，不如放弃，我略做调整，换一个情节或者背景，也能让故事朝着相同的方向发展。

邢晨：《女商》采用了“换地图”的方式为故事分节，而且每个城市的地域性特征都十分突出，是否能谈一谈您的这种构思方式和地域塑造能力？

南方赤火：很多小说都会“换地图”，从头到尾只写一个地方的小说还是少数，毕竟作者和读者都需要新鲜感。但不能为了“换地图”而“换地图”，要基于主角成长、发展的需要来进行空间性延伸。故事发展到中后期，我发现女主只在一个地方停留，事业是停滞不前的，就需要让她去外面看看。对我来说，我也想写写粤沪两地之外的时代风貌，在情节允许的情况下，我就开始做下一个城市的攻略。

我确实游览过许多城市，但是作为作者，如果只写自己去过的地方和熟悉的景观，可写的范围就太小了，还是要依靠自己的想象力、阅历以及阅读带来的知识去塑造陌生的地域。比如我写了主角去美国东北部的哈特福德，我没有去过哈特福德，但是我去过附近的城镇。我读读当时的资料，想一想，就可以在脑海里重新构建一个哈特福德。我所构建的这个城市在细节上可能有失准确，但在基调上符合历史，这就达到了我的期望。对于城市背景的构建使整个故事的真实性提升了一个层次，所以我会尽量去填充，但是绝对的准确实在是力所不及，能给读者带来一种氛围感就够了。

评论区有不少读者指出我在地域塑造方面的问题。比如我自己写的方言，当地的读者告诉我他们不这么说。再比如我写武汉三镇的时候，评论区就告诉我汉口当时没有县城，而这件事我真不知道。这些留言我都欣然接受，因为这些瑕疵首先不影响阅读，其次它是良性的互动，对我和读者来说是一种共同阅读、共同进步的体验。可以说这就是网络文学的迷人之处：小说虽然由作者创作，但也经由读者完善。

邢晨：《女商》中的言情线不仅是行文的线索，也是小说中的一大亮点。林玉婵和苏敏官，一个来自历史后端，一个来自历史前端，两个“异类”在历史中彼此启示，互相鼓舞，保护时代的星火；在感情上一起成长，互相扶持，共同面对漂泊不定的人生和晦暗的社会现实；在成长过程中相遇，寻找自己下一步的成长空间，最后一起开启自己的人生道路。这种感情模式是否反映了您心目中理想的两性关系呢？

南方赤火：这种描述非常准确。有读者说既然是“女强”就没有必要对言情线过多着墨，但我觉得感情线也能从侧面反映一个人心理上的成长、和他人的关系、对整个两性婚姻的认知，这些都是个人成长的一部分，如果完全不涉及的话，倒有点刻意了。

虽然说作品反映了作者的部分观念，但人物的情感模式还是由他们自己的性格决定的。就我对《女商》的设定来说，我觉得他们两个人相互扶持、相互成就的感情会更加饱满。

邢晨：《女商》中的男主苏敏官极为聪敏，似乎“无所不能”，在这样一个角色的参照下，您如何构造女主人公林玉婵独立自强的品质？

南方赤火：其实敏官一开始也和婵婵一样，是比较底层的人物，他有一个不断成长的过程。最初确实是婵婵比较弱，用游戏的话来说，婵婵0级起步，敏官可能是10级、20级，毕竟“土著”有先手优势。既然起点不一样，开始时婵婵肯定会受到更多一些的帮助。但她的优点在于，她并没有理所当然地做“伸手党”，而是在自己力所能及的范围内等价交换，甚至涌泉相报。这里也存在一种“幸存者偏差”。首先，我写的时候可能比较注重女主的视角，详细描写了女主面对的困难，没有花很多笔墨从敏官的视角来看他的纠结和难处，就产生了敏官做什么事情都一蹴而就的既视感。其次，为什么大家觉得敏官似乎“无所不能”，凡是婵婵找他帮忙他都能帮上，因为我觉得他帮不上忙的地方婵婵就不会去找他。

在创业路途中，婵婵受到的帮助不仅来自敏官，也来自红姑、小凤、容闳、徐建寅、赫德等人，这些阶层各异、形形色色的配角都和她有过互惠互利的交往。我认为在小说里，只要角色受到的帮助在逻辑上说得通，不是因为她撒娇卖萌，闪耀“玛丽苏”的主角光环，而是有来有往，有感恩与报答，那么就是健康的人际往来，不需要刻意避免。人是社会动物，善于交换资源才能共赢与进步。

既然是共同成长，那么婵婵对于敏官的助力就同样不可或缺。有时候我也会思考，没有遇到婵婵的敏官会是什么结局。按照小说设定来推测其实是比较“暗黑”的，没有思想的觉醒，他可能早早就消耗在广州天地会的内讧里，要么成为“反清复明”的炮灰，要么被当作叛徒清算，活不过故事的前十分之一。就算侥幸偷生，以他的才华也许会有所成就，当一个普通的民族资本家，还会创立一个工厂，在历史书上获得一句话的地位，但他不会有之后更高一层境界的思想和行动。

邢晨：敏官的成长其实也充满了偶然性。遇到婵婵之后，在他们两个成长历程的交叉与缠绕中，他才确定了成长的方向。我想，如果没有遇到婵婵，敏官也一定是个优秀的人，但是他会很孤独、很茫然，会找不到自己人生的路在哪里。

南方赤火：当时的很多人都非常孤独、茫然，找不到自己人生的路，我相信他肯定也不是唯一的那个，这也反映了先辈们觉醒的艰难。清末、民国时期，很多人都站在觉醒的边缘，但有时候真的需要一个契机。

邢晨：《女商》的口碑出色，但数据似乎有一些不尽如人意。

南方赤火：属于“叫好不叫座”。在连载的时候，同样的写作水平，热题材的读者多、榜单好，这是一个市场规律。不过，虽然很多人吐槽热题材都是套路，但我觉得这样的作品能够有好数据，获得很多人的认可，也是很不简单的。虽然每个作者都希望自己的小说一炮而红，但我也知道，《女商》这样一个题材和写作方式，注定了它在以娱乐为主的网络文学市场不会为大多数读者所青睐，我也做好了它一直冷到底的心理准备。不过，中国网络文学读者基数巨大，一个所谓的“冷文”，就算它的曝光率只有“热文”的一个零头，读者的人数其实也不会太少。我也一直在和许多忠实读者良性互动，在大家的支持下创作了一个完整的故事。互联网浪潮改变了很多人阅读和写作的方式，对于那些从小就在互联网环境下长大的读者来说，我的阅读、写作方式可能比较老派，能得到他们的认可，对我来说是一个很大的鼓励。

邢晨：从此前较为跳跃的“脑洞”到《女商》，在故事架构、“脑洞”与“考据”的融合上显现了一种跨越式的前进，这是您有意识地学习、改进的成果吗?

南方赤火：其实我写作是比较随性的。刚开始在晋江开一个专栏，看别人都有一排书，我只有一个未完成的小说，觉得很寒酸，就翻翻以前的硬盘，找一些还过得去的习作改一改发上来。所以网上发表的顺序不一定是我创作的顺序，更不一定是我有灵感的顺序。我还写过一些所谓的“硬盘文”，只在我硬盘里躺着的，我敝帚自珍的文字。所以你可以看到我的小说思维好像很跳跃，水平参差不齐。

有些作者可能会为了打造自己的辨识度，保持作品风格统一、水平稳定，或者有些作者会换马甲去写放飞自我的故事。但是对我来说，从来没有过多关注作者人设这个问题，这些作品不光是为读者而写，也是我自己的一个成长记录。早期专栏里盛满了“脑洞”，因为我只要有“脑洞”就想写出来。能把心里的故事讲给大家听，并且偶尔戳到读者的“萌点”，我就已经很开心了。如果读者看到我之前比较幼稚的文章，那么一笑而过就好了。“脑洞”也好，考据文也好，我一直都在写自己有把握的故事。对故事架构有所忽视可能是因为我从小学习的小说都是以人物塑造为中心，将不同的人物装进同一个故事，会有不同的走势。但是我也尽量把人物和故事两方面都塑造得让人印象深刻。至于进步，我已经写了几百万字，对写作技巧的掌握，对语感和文字的把握肯定都有所提升，这是一个阶段性成果。

邢晨：虽然数据不如意，但是您依旧笔耕不辍。从开始到现在，您进行网络文学创作的心理状态是否有所改变呢？

南方赤火：我的网络文学创作是以兴趣开始的。每个人在下班或放学之后都会用自己的爱好打发时间，有的人打游戏，有的人读书，有的人刷视频。对我来说，写自己的“脑洞”，或者单纯为可能要写的小说做一些准备，就是我的一个爱好。但是花了很多心血写的小说没有人认可，说不失落是假的。不过我觉得有写作的兴趣和能力，日积月累之下，就算没有获得及时反馈，也能逐渐有所收获。写作得到即刻的反馈是很难的，不像我在网上发个精彩的才艺视频就能吸引粉丝和流量。写作是日积月累的过程，即使当下没有获得及时的正向反馈，一旦把时间、空间的跨度拉开，它还是很让人有满足感的。一开始不学习文学理论，一腔热血地就去码字了，肯定会在人物塑造、故事讲述等方面存在瑕疵，而我写每部小说都会查大量资料，这也是一个自我提升、自我充实的过程。

我总是在寻求新的“脑洞”，去想一个别人没讲过的故事，让我自己讲得开心，别人也听得开心。如果说这个想法是初心的话，那我一直初心未忘。经过一段时间的创作后，不一样的地方在于，我起码学会了一些写作技巧和故事套路，虽然不一定在故事里用到，但是我知道从哪个视角来讲述故事会给读者更好的体验，这是长久的写作训练带来的必然成长。

邢晨：作为沉浸其中的创作者，您如何认识当下的网络文学呢？

南方赤火：就“网络文学”这个名称界定而言，“网络”其实就是它传播的介质，但现在这个介质已经不太明显了。以前的网络文学和纸质文学是两拨人在写，发表在两个不同的地方，像互不融合的两个世界。但现在已经有融合的趋势了，很多人既出版纸质书也发表网络文学，两者界限已经很模糊了。所以网络文学不再是一些人的“圈地自萌”，不再是一些人因为无法进入纸质文学圈而拓展网络世界的新圈层，它其实已经成为“大文学”的一部分了。那我们可以说它代表文学的未来吗？不一定，什么都不能代表文学的未来，但是它肯定能代表当下文学的很大一部分，而且重要性愈加明显。对于文学的分类更多是出于学者方便研究的目的，但我们作为参与其中、沉浸其中的人，都没必要被这个分界所束缚，有好看的东西看就可以了，“英雄不问出处”。

网络文学还存在一个明显的“互动性”。当然，滥用“互动性”也不太好。比如作者屈服于读者的想法，改了自己原先的“脑洞”，按读者喜欢的方向写，结果故事不伦不类，这种例子也不罕见。但是很多读者和作者之间都有良性互动，这使作者在写作的过程中获得了及时反馈。以前作者的创作是孤独的，一本书写了好几年，出版了才知道大家感觉怎么样，现在发一章出去就能得到反馈。作为文学爱好者，这个及时反馈是很重要的，很可能一点点反馈就会激励一个初入文坛的“小萌新”继续写下去。

邢晨：可以谈谈您下一部作品的创作计划吗？

南方赤火：我有很多“脑洞”，但是真的把“脑洞”落实到键盘上还需要做很多功课，一点一滴地积累，可能积累很久才能到一个适合开文的程度，所以我现在也说不出来下一次写哪个文。像《我在梁山跑腿的日子》，其实是上次写水浒同人时没有用上的资料和“脑洞”，我觉得可以另开一个故事，但想法还没有很完善。我还想尝试一些新的写作方法、新的题材，比如现代言情或者是其他挑战自己的东西，但都没有准备到可以开文的程度。你可以看到，虽然我写的时候很“疯狂”，日更六千到完结，但是我两篇小说之间间隔的时间很长。

邢晨：明白，正在数据库搭建中，非常期待您在积累的进度条拉满之后为我们带来更加亮眼的作品！

南方赤火晋江专栏创作线

《女商》（历史正剧），2020年开始连载，已完结；

《女公子》（历史正剧），2019年开始连载，已完结；

《秦氏有好女》（历史正剧），2017年开始连载，已完结；

《穿成潘金莲怎么破~》（历史正剧），2016年开始连载，已完结；

《旧家燕子傍谁飞》（历史正剧），2015年开始连载，已完结；

《我修的文物成精了》（轻松脑洞·文物），2019年开始连载，已完结；

《大越国民男神》（任性中短篇），2016年开始连载，已完结；

《史上最强玛丽苏，不服来辩》（任性中短篇），2015

年开始连载，已完结；

《[刺客信条]你赔我的蛋！》（任性中短篇），2015年开始连载，已完结；

《月亮的传说》（任性中短篇），2015年开始连载，已完结；

《天狼日落》（任性中短篇），2015年开始连载，已完结；

《来一斤脑洞！》（任性中短篇），2015年开始连载，已完结。

本文首发于《青春》杂志 2022 年 6 月刊。

爆火的“稳健流”是怎么发生的？
——言归正传访谈

言归正传　李玮　沈志宽

引言

言归正传，阅文集团知名作家，入选2020年度中国作协网络文学影响力新人榜。他的《我师兄实在太稳健了》于2020年完结，以顶尖的数据和出色的口碑，成为年度网络文学的现象级创作。在网络文学类型发展史上，《我师兄实在太稳健了》实现了玄幻类修仙文的创新，开创了“稳健流”的写作样式。同时，读者评价《我师兄实在太稳健了》在内容上“伟光正，真善美”。这一系列现象，都让我们好奇：“稳健流”是怎么发生的？入选“新人榜”的言归正传的创作道路具有怎样的启示性价值？带着这些问题，我们对言归正传进行了访谈。

李玮：言归正传好。作为“稳健流”的开创性作品，《我师兄实在太稳健了》在玄幻修仙类网络文学的发展脉络中具有重要价值。很多人都想知道“‘稳健流’是怎么发生的”这个问题的答案。不过，要回答这个问题，恐怕只谈单部作品是远远不够的。所以，我们首先想知道：是什么样的原因促使您走上网络文学创作这条路？然后我们也注意到，您在创作里谈到了“17岁的梦想”，能不能给我们具体介绍一下。

言归正传：就是喜欢看小说，想写出一些作品，这是一个很简单的梦想，一个文字的梦想吧。其实很年轻的时候就想做作家，有一个文学梦想，期待自己的文字能够感染人，自己的作品能够流传下去。当然我现在的作品还是缺了很多火候，只能说有这个目标，要去奋斗。上高中的时候就有这个想法，那时喜欢写一些微小说，老师布置作文，一般我都是写一篇微小说交上去，喜欢讲故事的感觉，沉浸在故事里面。但因为我是理科生，所以这个想法暂时被压抑了。压抑了几年之后，我在大学里面就开始写作，19岁就开始在起点中文网发表作品了。

李玮：一些有文学梦的孩子也许会选择在一些纸媒上投稿，您为什么最先是在起点上连载呢？

言归正传：个人偏好吧，因为在成为作者之前用网站读书，特别是在起点看书的频率比较高，经常追读一些很优秀的作者的书。刚开始创作的时候，各种各样的类别都有，喜欢哪个题材，脑袋里灵光一闪，就开始写，也经常写不下去，刚开始写的时候其实也会有许多困难。

李玮：我在想，您当时看修仙文的时候，可能也没有想过您会改变修仙的类型吧?

言归正传: 修仙分很多类,《我师兄实在太稳健了》并不能说改变了修仙的类型。它应该算是修仙里面的一个小类,我在这个小分类里面去做了一定的改变吧,在写法上做了一点点突破。也不算突然开了一个流派出来,应该算是把原本的东西拿出来,给它放大了。正常人感觉眼前一亮,其实在原本的小说里面就有这些元素,但是没有被着重渲染。

李玮: 传统的修仙小说比较注重修仙的升级过程,从练气、筑基开始一步步变强。但是感觉您的创作不是很注重自身修仙历练的过程,而是注重故事架构?

言归正传: 因为我考虑到读者已经看过太多同质化的作品了,《我师兄实在太稳健了》这本书写出来不是给刚开始看小说的人看的,而是给一些看过几年小说的人去看的,虽然这样会丢失一部分市场,但是它的类型设定就是这样。《我师兄实在太稳健了》里面有一个“反套路”,是试图减少“升级打怪”类型的不合理的设置。比如刚开始升级的时候为什么没有来自最高等级的压制,这就是做了反套路化处理,读者读的时候就感觉很新奇,但也感觉很合理。由于反思一些小说里面“升级打怪”这个元素中的某些不合理性,我就尝试忽略“升级打怪”这个核心元素,这也是《我师兄实在太稳健了》这本书没办法写得太长的主要原因。

李玮: 在《我师兄实在太稳健了》之前,比如《洪荒二郎传》，您就设置了一个洪荒背景，《我师兄实在太稳健了》之后的《这个人仙太过正经》其实也设有这样一个背景，运用了大量的中国神话元素。在《洪荒二郎传》《我师兄实在太稳健了》之中有《封神榜》《西游记》等元素。一开始您是怎么想到用这样的背景和中国神话元素的呢？

言归正传：因为这些都是老祖宗留下来的东西。您说的这个"洪荒"，它是一个体系，就是网络小说流派里的"洪荒流"。写"洪荒流"这个门类的人很多，我开始接触小说的时候并不是接触原生态的神话，而是接触类型小说，学习这类作品中设置好的一个体系。我最近写的反倒不是一般意义上的"洪荒"，而是从原生态神话出发的。这样的话，对作者和读者的门槛要求更高了。

李玮：《这个人仙太过正经》是借用了先秦神话？

言归正传：对啊，就是自己的一个写作规划。《我师兄实在太稳健了》写的是"封神"，后期本来是想展开写"西游"的，但是我想我的最后一部仙侠作品会给"西游"。我的规划是，先写"封神"，现在写的是先秦神话——取材大多来自《天问》《九歌》，等下一部的话就朝着"西游"发展下去，按照自己的规划慢慢深入。

李玮：我最好奇的问题是，您在《我师兄实在太稳健了》之前写的许多作品，其中也有一些"稳健"的元素，但并不是很突出。那么，是什么促使您找到"稳健流"这样一个设定的？

言归正传：梗啊，因为一个关于“稳健”的梗，灵感被激发了。这个灵感来自游戏电竞，“太稳健了”是解说评价选手“怂”，不敢上、不敢出招的时候用的词语，一开始带有一点贬义。李长寿出场时的表现，从灵娥的角度来看，就太“怂”了。只是后来写着写着，我把他融合了正能量引导。如果说，开始的时候我是想借“稳健”写一个轻喜剧，就是借“他太稳健了”，调剂下心情，那么到了后来，“稳健”则成为一种责任感。我写小说最基本的观念就是：主角，既然是主角，就必须去承担责任。你有责任面对困难而且去解决问题。如果你做不到这个的话，主角其实是没有意义的。

李玮：其实这样的改变，反而让人耳目一新，先是看似“怂”，是一个让人觉得很有新意的人设，更有真实感。后来转变为“铁肩担道义”也让作品更有层次感。

言归正传：作品从前期到中期，其实有一个明显的过渡。就是“稳健”的含义从“怂”变成了“周全”，有谋略，有远见。其实，《我师兄实在太稳健了》这本书开始时有很多人担心这个梗用完了之后就没有后劲了。实际上，后来作品有“转变”，这种“转变”更加吸引读者，同时也把责任感渲染出来了。

李玮：您也在作品中谈到了“爽文”，诸多网络文学的创作追求以“爽”为中心，这是众所周知的。您为什么不想给作品打上“爽文”的标签？

言归正传：这个要具体来说。因为所谓“爽文”，在“老白”的圈子里面，已经成为一个贬低的标签了。虽然对于整体的读者群体而言，“爽文”是他们必备的选择之一。但是有很多“老白”读者认为，所谓的“爽文”是指“无脑爽”，他们很排斥。所以说“爽”其实也是有限度的，要尽可能符合逻辑。我拒绝自己的作品被打上“无脑爽”的标签。

李玮：说实话，这两年大玄幻的写作其实挺不容易的。而且写得好的也不是很多，因为这种大的世界观的架构，包括您所说的符合逻辑的“爽”，丰富群像的塑造，都需要很多积淀和很强的能力才能做到。据我所知，作家一般来说都会有一种“影响的焦虑”：在前一部作品成功之后，下一部作品其实可能会有一点迷茫，产生“我怎么样突破我自己”的问题。我就想问一下，您在写《这个人仙太过正经》的时候有没有想过要突破“稳健流”的这个问题？

言归正传：完全没有！我可以这么给你描绘一下：《我师兄实在太稳健了》“全文完”这三个字之后，我整个人虚脱了一周。《我师兄实在太稳健了》每天保质保量更新就需要我十几个小时的工作量，而且连载过程中我只请过一次假。

李玮：当时您也正在写《地球第一剑》吗？

言归正传：对，当时在写《地球第一剑》，被《我师兄实在太稳健了》挤压得精力不够了，当时每天工作量很大。在写完《我师兄实在太稳健了》之后我就知道：如果要是再想写一篇这种质量的作品，我最少需要休息半年或者一年。但是又怕读者忘了你，所以又需要拿一部作品出来了。《这个人仙太过正经》开始连载的时候，我就本着成绩无论好坏，也要练笔或者说是锻炼自己的目的。我觉得我欠缺的部分有剧情结构和故事内涵。因为市场的需要，所有的人设都采取了标签化，先写片面然后展开，我想克服这个问题，琢磨怎么去塑造人物。当然，写《这个人仙太过正经》也是让自己有适当的休息，如果说我对《我师兄实在太稳健了》的要求是写到90分，《这个人仙太过正经》就给自己85分的要求，这5分的空间就是给自己休息的，把自己的状态调整过来，然后再去经营一部《我师兄实在太稳健了》这样的作品。在单独一章上，《这个人仙太过正经》耗费的精力没有《我师兄实在太稳健了》那么多，就会轻松一些。我自己喜欢比较轻松的元素，《我师兄实在太稳健了》就是完全考虑读者。我写《我师兄实在太稳健了》的时候就考虑几方面，每一章都要考虑，每一章都有一个核心梗，会非常在意读者的反馈。

李玮：确实很不容易了，所以我看您文章里说自己头发掉得厉害。

言归正传：那真的是“头秃”。《这个人仙太过正经》这部作品主要是考验我对故事的驾驭能力。我要做的一点就是在写完这个结局之后读者会发出“哇！是这样啊”的感叹，出乎读者意料又在情理之中，这样的话这本书就达到了我自己心里的预期目标了。因为《我师兄实在太稳健了》和《这个人仙太过正经》是有区别的，《这个人仙太过正经》更侧重于整体上的构架，《我师兄实在太稳健了》则侧重于每一章，每一章都是一个小故事。

李玮：对，就《这个人仙太过正经》这部作品，我看您前期用了大量铺垫。

言归正传：《这个人仙太过正经》前面伏笔比较多，我会在后文中“填坑”，这是一种自己以前没有尝试过的方法。以前大多都是先写，写几十万字看一下成绩。现在《这个人仙太过正经》锻炼的就是自己对故事架构的把握能力，鞭策自己去进步。

李玮：明白。其实您在《这个人仙太过正经》中也有一点“正向稳健”的元素，但您没有再把它扩大。

言归正传：对，没有把它扩大化。主角要去表现他智商正常，不可避免就要在做事之前考虑一下。但是可能受《我师兄实在太稳健了》的影响，有先入为主的观念，但其实他就是一个正常的人设。我也会把这些考虑进去的。

李玮：您曾经也创作过很多“网游文”，最近也有一部

《妙笔计划·惊鸿一笔》。除了这部，您还会考虑再写“网游文”吗？

言归正传：怎么说呢，我一开始写“网游文”是因为“网游文”包罗万象并且可以达到现实和虚拟的连接，然后延伸出不同的文化元素。像网游，它可以包括虚幻元素和中国元素，虚幻游戏就是虚幻元素嘛，修仙游戏就是中国元素。我特别喜欢“网游文”，在大学时期看了大量的“网游文”之后才开始写作。

李玮：明白。还有一个问题就是我最近觉得仙侠文在所有网络文学类型之中并不是非常活跃，不知道我这个判断是否准确。我想听听您的想法，您怎么看大仙侠、大玄幻的发展趋势呢？

言归正传：我是更看好重构神话的作品的。好的神话故事能够让读者眼前一亮，还有之前大火的“哪吒”，现在比较火的“青蛇白蛇”，这些故事都是自带流量的。可以利用这些热度，自己的作品只要提供一个新的事件，新的视角就可以，因为神话本身自带固定的架构。

李玮：您以后会不会尝试在作品中加入科幻等元素？

言归正传：我最近就在写科幻。我的创作欲比较强，有创作冲动的时候就会去写。其实我写《我师兄实在太稳健了》的时候，把大纲做完，还有100万字呢，我就开始为其他书做准备。

李玮：您保持“万更”的动力是什么？

言归正传：就是有写作的热情，靠自己最初的那个动力。我觉得自己现在写的东西还很浅薄，还不足以流传下去，所以我也经常鞭策自己，你要去学习、去进步、去研究，不能离开读者，因为读者是土壤。你要去跟读者保持很好的关系，然后在他们口中听到关于你作品的真实反馈，然后慢慢去调整，慢慢去适应这个市场，然后还要去研究。最近网络上的“梗”的变化，这些东西都是要去耗费精力的。保持一份热情吧，当你热情消退，只是想用自己之前的套路去赚钱的话，赚再多的钱对你的写作来说也是没有突破的。

李玮：最后想问您怎么看现在这个创作环境？对于网络文学发展，您作为一名作者来讲，谈一谈您对于网络文学发展的感受。

言归正传：现在跟开荒时代不一样了，现在的网络文学已经有大量存量了。这种情况下，你想跟老作品去争，必须求新，而且你必须有一定的文笔积累，你还必须有一定的口碑。当你形成自己的口碑之后，能有很大的正面增益，当你口碑崩了，你这本书写得再好看，都会直接影响读者对你的作品的观感。

李玮：这次当选影响力榜新人有什么感受？

言归正传：挺开心的，也挺意外的。入选给了我鼓励，也给了我很多启示：自己所在的这个圈子始终只是一个小圈子，网络文学只是一个小众圈子，你想要真正去发展，就不能停步，就得走出“舒适圈”。这次新人奖给我的鞭策，是让自己认识到自己只是一个新人，而且是网络文学这个圈子里的一个新人，自己必须拿出更多的作品，讲出更多的好故事。一步步地发展，让更多的人知道自己的作品，透过自己的作品传达更多的正能量理念。

本文首发于“扬子江网文评论”微信公众号2021年10月16日。

依心而行　描尽繁花
——寂月皎皎访谈

寂月皎皎　李玮　朱怡淼

引言

作为知名女频网络文学作家，寂月皎皎有着不同于一般女频套路的独特之处。诸多女频网络文学表达男性对女性的“宠爱”，在这个过程中，虽然女性是主人公，但她的“动作”很多时候都具有被动性。“玛丽苏”题材、“白莲花”题材，乃至许多“大女主”题材，女性在很多时候靠外貌、性格、道德等方面的女性化特征，吸引、依靠在权势、财富等方面具有主动性的男性。在这些网络文学中，女性在社会经济地位上的依附性特征，以及由此带来的问题和困境，被有意地掩盖了。寂月皎皎将这些被爱情“征服”的对象，转变为主动选择、取舍的主体。从《繁花落定》到《两世欢》，寂月皎皎以清丽稳健的语言风格，创作了一部部堪称“范本”的大女主女频作品。我们就创作构思、女性意识和改编反思对她进行了深入访谈。

创作篇

李玮： 您是2007年前后开始创作第一部作品《穿越历史之梦落大唐》（《繁花落定》）的吗？当时促使您从事网络文学创作的最大动因是什么？

寂月皎皎： 从事网络文学创作最大的动因，当然是对写作的热爱。我从小就喜欢看书，尤其喜欢看各类古代背景的杂书，一部《红楼梦》，前八十回来来回回看了不知多少遍，当时流行的武侠小说、言情小说也看过很多。看多了就想着写，想写自己心中的故事。在网络不普及时，就曾用稿纸写了些很不成熟的小说，也陆续在各类杂志发表过一些短篇。后来网络小说兴起，心中有激情，手边有故事，就自然而然地在网上上传那些小说。

我在网上连载的第一部长篇小说，其实不是《繁花落定》，而是一部比较传统的武侠小说，叫作《幻剑之三世情缘》，2006年秋天开始写作。但当时的武侠小说已经过了最红火的好时机，市场严重萎缩，出版的武侠小说少之又少，连网上的读者也偏爱玄幻、言情类小说，所以受众比较狭窄，且很多是男性读者。

《幻剑之三世情缘》曾参加过香港中华书局与红袖添香网站联合举办的“全球华语武侠大赛”，当时的大赛评委、香港著名作家倪匡很喜欢这部武侠，还跟我讨论过剧情和人设。该书获得了那次赛事的亚军，并于2008年7月在中国香港出版。

在《幻剑之三世情缘》快写完时，网上正流行穿越小说，尤其是“唐穿”。我也是一时兴起，写了穿越大唐的《繁花落定》。这是一部比较类型化的长篇小说，用后来的眼光看并不成熟，并且细节上的缺陷还挺多。但最初都是凭着一腔激情和热血去创作，也很容易得到读者共鸣，所以《繁花落定》是我第一部较受欢迎的长篇小说。

李玮：第二部作品开始您就不再写穿越文了，而是直接进入古典人物，能否谈一下做此改变的动因?

寂月皎皎：也不是刻意地不去写穿越，而是遵从本心，想写些和之前不一样的小说。因为偏爱古典文学，所以后来创作的故事背景大多选择了古代，但每次开新文都会试图刻画不一样的故事和人设。后来写的古代言情，仔细看过去，题材的切入点都会有些差别，就是因为不太想重复自己。比如《胭脂乱：飞凤翔鸾》是偏江湖向的轻喜剧风小说，《风暖碧落》是笔触较沉重的真实历史背景小说；《和月折梨花》写了个可兴邦国的女主，《倦寻芳》反其道行之，写了个天生妖孽有亡国之兆的不祥公主；《云鬓花颜之风华医女》女主是沉浸在自己世界里的呆萌女医，《君临天下》女主则是武艺高超扮猪吃老虎的机警太子妃。其他的小说，《问镯》是半古半今的悬念穿越，《莲上仙》是仙侠，《酌风流》取材南宋背景，偏权谋向，《两世欢》取材五代初期背景，偏推理探案。

因为古代题材写得多，曾有朋友担心我写不来现代，写作比较受限，所以我也尝试写了两部现代，就是2010年、2011年前后出版的《幸福的黑白法则》和《幸福，狭路相逢》，前者偏浪漫言情，后者偏职场轻喜剧风。

李玮：《倦寻芳》的女主萧宝墨有一个逐步转变的心路历程，这部作品处理人物内心和命运纠葛方面笔力雄健，能谈一下您当时对萧宝墨这一人物形象的构思吗？

寂月皎皎：最初的构思很简单，《和月折梨花》写了个天降祥瑞的公主，《倦寻芳》就想写个相对叛逆的“祸水”公主。在确定想写这样一个人物后，再根据她所处的环境和经历的遭遇，来思考这个人物应该是怎样的形象，最终确立了后来大家所看到的人设。阿墨的行为和性格或许不讨喜，但很鲜活。

李玮：《倦寻芳》网络版和纸质书的结局不同，从内心而言，您更喜欢哪一版，为什么？

寂月皎皎：纸质版结局，才是真正的结局。《倦寻芳》就是一个悲剧，当女主失去对亲人和爱人的信任后，她的结局就已经注定。至于网络版，更新时读者众多，结局太惨，她们接受不了，算是考虑读者感受写的一个HE（happy ending，大团圆结局）结局吧。但《倦寻芳》的结局就该是个悲剧。

李玮：《风华医女》和《君临天下》是姐妹篇。这两部作品使用了部分“玛丽苏”的套路，不过您又不拘泥于这种套路，做了许多改变。您能谈一谈您在创作时，是怎么看待和处理网络文学套路的吗？

寂月皎皎：只要故事好看，只要符合人设，我不会在意用些“玛丽苏”套路。

能有新颖的桥段固然是好，但“玛丽苏”也有可取之处。言情小说是写给女性读者看的故事，必定带着梦幻色彩。能愉悦到作者和读者的“玛丽苏”桥段，像咖啡里的糖或奶，太多了或许会腻，但适量添加可以增加口感。

再则，“玛丽苏”套路或许会过时，但套路里的“逆袭”和浪漫不会过时。

李玮：《两世欢》中您设置了双重结构，并在感情线之外设置了悬疑线，这使得这部作品层次感十分丰富。多层次多线索您处理得也张弛有度、有条不紊。您能谈一下当时您创作这部作品时的构思吗？

寂月皎皎：《两世欢》是我较晚创作的一部小说，写作手法也相对成熟些。在确定要写一个推理探案故事后，我就先做了不少功课，翻阅了《洗冤集录》等古代探案资料书，再结合想用的历史框架（后梁）构思出了完整的小说大纲。因为感情线和悬疑线都在大纲中预先设置过，逻辑基本合理，在正式创作过程中只是进行了丰富和调整，所以整体还是比较顺畅的。

李玮：您下一步创作的计划是什么？

寂月皎皎：可能会从事一些剧本创作，另外手边还有小说在构思和写作。近年来在剧本上花的时间比较多，但更喜欢的还是小说创作。这两年应该会有新作出来。

李玮：这些年商业机构对网络文学越来越重视，作家会有许多签约或是各种版权运作的机会，您觉得这对网络文学创作有什么影响？

寂月皎皎：版权运作对网络创作的影响当然是比较正面的。这不仅代表着社会层面对网络文学的认可，也能将网络文学通过影视剧这种完全不同的传播方式，推向更广大的群体，毕竟影视剧的受众，远比网络小说的受众庞大。对作者来说，这也是一种激励。

另外，因为对版权运作的重视，有些作者也会下意识地去创作题材和风格更适合拍摄的网络小说。这种适合拍摄的网络小说往往更正能量，更看重戏剧冲突。但另一方面，影视的门槛和要求更高，可能也会约束网络文学最吸引人的天马行空的想象力。利弊均有，只看作者创作时如何权衡。

女性篇

李玮：在《倦寻芳》中，每一个男性都未能成为萧宝墨的归宿，这其中是否存在您对两性关系的表达？

寂月皎皎：萧宝墨的归宿，更多是她的出身、性格和遭遇使然，并未打算以此去表达两性关系。

萧宝墨是个被宠得很骄傲的公主，不会轻易屈服；但她偏偏又一再遭遇背叛和伤害，这会导致她的多疑和猜忌。因为不愿屈服，所以会试图掌握自己的命运；因为多疑和猜忌，比起背叛过自己的爱人和亲人，她可能更愿意相信权势。期盼爱情和亲情，又不敢相信爱情和亲情，她的故事线就在这种摇摆中推进，并先后被拓跋顼和萧宝溶利用，最终走向悲剧结局。

近年看到网上有些评论，将萧宝墨的行为和女权联系在一起。写作时其实也没想那么多，但彼时共情女主，想写的的确就是一个被牺牲的女子力图改变并掌握自己命运的故事。

李玮：《两世欢》的二重结构中，失忆前的风眠晚和失忆后的阿原构成了两重结构。失忆前的风眠晚性格软弱，唯唯诺诺，以景辞的爱憎为自己的爱憎，处处隐忍、服从。失忆后的阿原坚强果断，潇洒自信，在与景辞的两性关系中处处保持自己的独立性和自主性。这种独立性和自主性是否与您对当下女性理想的人格方式的期待有关？

寂月皎皎：是的。不得不说，这些年女性自强自立的自我观念越来越深入人心。这种观念必然会投射在文学作品中，尤其投射在即时更新的网络文学作品中。阿原失忆，抛弃了依附他人生存的附属性人格，找回的则是拥有独立人格并遵循天然本性，不愿屈服于命运，努力按自己意愿去生活的“大女人”。这种“大女人”，就是现实中对女性理想人格的期许在主角身上的投射。

改编篇

朱怡淼：《两世欢》改编成网剧，您认为改得怎样？哪些地方对原著的改动更适应影视这一媒介？

寂月皎皎：《两世欢》的影视制作方是一个崭新的团队，《两世欢》作为他们改编的第一部影视剧，有优点也有缺陷。但毋庸置疑这个团队做事很认真，后来也邀请了我参与电视剧的改编。

电视剧和小说是两种完全不同的表达方式，改动是必然的。比如原著是倒叙模式，出场的就是失忆的阿原，但作为电视剧，不可能像小说中那样，不断用碎片化的回忆和阿原的主观感想去还原失忆前的故事。电视剧将倒叙改成了顺叙，少了些悬疑色彩，但比较方便观众理解。

还有在人设方面，书版男主和剧版男主同样深情，但书版男主对女主少了些信任，剧版男主则始终相信女主，从未认为女主有心伤害自己。这种改动让剧版男主人设更有魅力，但同时会弱化男女主之间的戏剧冲突。在影视改编里，这类矛盾时常存在，很难做到尽善尽美。

朱怡淼：《两世欢》网剧对演员的选择是否符合您小说中对人物的设定？

寂月皎皎：男主景辞最早就定了于朦胧，他在《三生三世十里桃花》里所饰演的白真，也是我喜爱的角色，形象和景辞的人设还是很符合的。

女主阿原由陈钰琪饰演，她是一位特别灵动清丽的女演员，最难得的是男装女装皆宜，演出了我心中的阿原和风眠晚。

朱怡淼：《两世欢》网剧播出后，对小说原著的阅读量有影响吗？

寂月皎皎：这个当然有。一些观众看完网剧后，会转头找原著看。那段时间实体书销量和网络阅读量均有上升。

本文首发于“扬子江网文评论”微信公众号 2021 年 10 月 21 日。

根植中华传统文化的“好故事”
——意千重访谈

意千重　李玮　纪淑龄

引言

中国网络文学在发生之初，就表现出承接中华文化，特别是神话传统的特征。近年来，在创造性地吸收、转化中华优秀传统文化方面，中国网络文学更加多元地将瓷器、刺绣、国画、园艺、音乐、服饰以及地域文化等方面的优秀传统文化元素融合到创作中去，使创作兼具知识性和趣味性，让中国传统文化成为吸引当下年轻人的文化热点，成就了彰显中华文化美学魅力的新风尚。著名网络文学作家意千重在这一方面具有代表性。她的《画春光》将传统文化和家国情怀相结合，将理想与热血编织进文化传承的脉络，入选了2020年中国作协网络文学影响力榜。对意千重的访谈让我们清楚地看到中国网络文学作家传承和弘扬中华传统文化的自觉追求，也让我们看到这种追求如何成为强大的写作驱动力，成就了既有“正能量”又有“影响力”的优秀作品。

李玮：很高兴能有这次机会和您交流，我们了解到您从

2009年就开始写作了，很好奇是怎样的一个契机让最初的您决定在网上更文呢？

意千重：我大概是2009年7月份开始写作的。我觉得有三个原因。第一个原因是热爱，因为我从小就喜欢看故事、讲故事，自己也在小本子上写过武侠小说，当然观众只有我的姐姐一个人。第二是自己的内心里积存了好多故事，感觉胸腔里面全被塞满了，就想表达出来。还有一个原因是想改变一下人生。为什么这样讲呢？因为当时买了房子之后得还房贷，感觉要“开源节流”，就希望通过这种方式改变一下自己的人生。本来只想尝试一下，没想到运气挺好，写作也确实改变了我的人生。

李玮：在您创作之初，有没有受到既有作家作品的影响，影响了您的网络文学创作类型和风格呢？

意千重：如果要问具体受到哪一个作家影响的话，并没有，主要还是受到了家庭环境的熏陶。我从小看过很多书，那时候我外公家、我自己家里都藏有好多中国古典文学作品，比如《三言二拍》《西游记》，还有各种历史演义。家里长辈认为这些书不太适合小孩子看，不允许我看。但是我太想看了，就偷着打手电筒躲在被窝里面看。后来和同学有了交往，租书店又出现了，我接触各种书籍的机会就更多了，开始阅读各种武侠、言情小说，还有一些世界名著。说到外国小说，我最爱的是《飘》和《呼啸山庄》。综合一下，我认为中国古典小说里包含的智慧内涵，以及这两本外国名著里面的爱情观，对我的创作产生了深远的影响。

李玮：最初您选择在网上更文的网站就是起点吗？为什么会选择这一平台呢？

意千重：是的。我当时就喜欢在起点上面看书，对这个平台的环境、气氛都挺熟悉的，对它很认可。事实也证明我没有选错。

李玮：您在起点上连载的第一部小说是《花影重重》，这部小说当时的数据怎么样？

意千重：这本小说的数据不太好。刚开始的时候，我给它起的名字叫作《斜阳下》。那时候我还是个“小白”，网络文学都要求书名简洁清楚，让读者知道书的类型和卖点，我这个书名用网络文学的观点来评判就是很“不知所云”。当时后台已经通知我签约了，但是它的成绩确实很不好，所以我一遍又一遍地修改，请责编帮忙找问题在哪里，改了好几次书名简介，又主动申请书评团，当时被笑话得玻璃心碎了一地。上架销售后，第一个月稿费也不多，因为是中途上架的，没拿到全勤，就200多块钱。后来换了一个编辑，新编辑和我说，你这本书我看过了，虽然推荐不多，但数据不错，给你推了试试看，结果推了之后还行，就这么走上了正轨。

李玮：下一本《剩女不淑》的数据就好了很多？

意千重：对，从《剩女不淑》开始，成绩就有了飞跃。再后来看到仙侠题材流行，我就尝试着写了《天衣多媚》，结果蛮惨的，这算是我最“扑”的一本书。不过也不要紧，完结之后重新写一本就好，《喜盈门》就这么来了，成绩也挺好。

李玮：后来您还是选择偏向古代言情写作，包括宫廷和府邸宅斗这个流派。

意千重：因为写完《喜盈门》之后，我发现写古代言情的人真的很多。那个时候起点女生榜古代言情是大头，是一个很火的门类，写的人很多，想要出彩其实也没那么容易。因此我不满足于写普通的宅斗文，想要写出一些更有层次、更有特色的作品，于是写了以唐代牡丹文化为题材的《国色芳华》，算是个人写的第一部古言职业文。那时候起点刚好兴起一股写这种古言职业文的风潮，就是以女主身怀一定的职业技能为特色的文。这本书的成绩跟之前比起来完全不一样，是2011年“女生封神榜”的第五名。之后写了《世婚》，那时候大家写古言重生文都是写这一世的报复，而我选择了另辟蹊径的设定，让我的女主还跟前夫在一起，没有甩了前夫重新寻找新的情缘，所以当时的争议确实挺大，评论区天天吵架。但是这本书成绩很好，是2012年“女生封神榜”第一名，我还因此成了白金作者。所以坚持还是很重要的。

李玮：我们也注意到大多数作者写重生题材会集中写“复仇”，但您却主要写“搞事业”，这种创作形式独树一帜。我感觉您《良婿》的创作是延续了《世婚》的成功道路。

意千重：可能和选题有关，《良婿》总体叫好但不算叫座。虽然铁粉和打赏都不少，但是电子成绩一般。后来我就去了另一个平台：云起。云起和起点完全不一样，流行风向、群体受众都天差地别。当时很多人劝我说，云起的风格不适合你，起点、晋江那类平台才适合你。但是我个性好强，想着既然来了就要在这里站稳脚跟，到什么山头唱什么歌，毕竟永远都是人适应环境，而不是环境适应人。于是我在仔细研究了网站风格、读者爱好之后，写了一本《九阙风华》试水。这本书的女主是个娇蛮且不怎么聪明的人，重生之后也没变太多，她的成长主要体现在“在关键时刻总能做出正确选择”上。写这本书时我心里很忐忑，连载时的争议也很大，老读者不能接受我的新风格，新读者不能接受我的人设创新。他们不能理解我为什么会写一个“笨”女主，因为重生文中的女主大多是“金手指”大开，所向披靡的。

李玮：对，重生文女主一般都是又飒又酷，这样读者看起来就很“爽”。

意千重：读者不能忍受这样的“笨”女主。当时有些读者很激烈地批评我，甚至通过各种渠道追着骂我。这些来自外部的质疑、批评让我深深地自我怀疑，备受煎熬。有很多次我都想放弃不写了，但还是凭着一股气挺过去了。论成绩的话，连载时这本书的电子成绩一般，因为2015年左右恰逢网络文学电子成绩大爆的时期。但这本书后续成绩不差，均订有一万多。很多网络文学就火那一阵，完结之后数据就会直线下降，但《九阙凤华》不是，它的订阅量一直持续到完结后好几年都挺不错，所以我觉得时间是网络文学水平的试金石。再后来我又写了《司茶皇后》和《凤门嫡女》，在这两本网络文学的创作过程中，我尝试着把个人风格与云起风格进行一个结合，成果是这两本书都获得了全国网络文学重点园地工作联席会议重点作品扶持，并被国家图书馆永久典藏，实现了影视版权的突破。《司茶皇后》后面改名叫作《花繁春正茗》。

因为《司茶皇后》和《凤门嫡女》，我成了阅文集团的白金作者。然后就开始写《画春光》，这本书虽然电子成绩一般，但是获得了很多奖。鱼和熊掌不可兼得，想要一本书既能获奖，又有很火爆的电子成绩，其实很不容易。这本书是我当时最想写的故事，得到的也是我最想要的结果，可以说我算是走出了一条属于自己的路。我认为不论处于何种环境中，故事内核与坚持、韧劲同样重要，缺一不可。

李玮：您的《画春光》入选了中国作协2020年度网络文学影响力榜，小说将传统文化和家国情怀相结合，将理想与热血编织进文化传承的脉络，并弘扬了女性不做温室花朵的主体性精神，能否仔细谈谈这部小说的创作过程与心得？

意千重：写《画春光》这本书算是预谋已久。我对瓷器文化一向很感兴趣，早在2012年，也就是写完《世婚》之后，就萌生了进行相关题材创作的愿望，但因为没有合适的切入点和足够丰富的个人阅历，这个想法就搁置了。基于网络小说的特殊性，这个小众题材未必能吸引读者，想要一举成功，就必须让瓷器元素成为它的亮点而非拖累。从这个信念出发，落笔之前我做了很多前期准备。首先是去了很多博物馆，做了大量调研。在2019年年初，我参加中央统战部新的阶层人士理论研究班时结识了一位来自浙江丽水的龙泉青瓷工艺大师，向他虚心请教了很多理论知识。第二，搜集整理了大量专业资料，比如《中国古代瓷器工程技术史》《越窑制瓷史》《宋代官窑瓷器》《资政要鉴》《中国古代风俗通史》《中国妇女通史》《宋史》《东京梦华录》《武林旧事》《良工美物》……整合资料的同时也做了很多笔记。第三，对故事设定的时代背景和社会背景进行了一系列研究与考证，力图把我想要呈现的那个瓷器风云世界真实地、接地气地融入时代背景和社会背景中。做完这些前期准备后，我才放心下笔。作为这本小说的作者，我自认充当着读者“引路人”的角色，所以我不能在专业知识方面露怯，也不想被行家看笑话。创作过程中有煎熬和纠结，但我一直自我鼓励着坚持下来了，最终取得的成绩我很满意。

李玮：网络文学的更新很快，流行元素也很多。您作为一个历尽千帆的作者，能够在网络文学更迭的洪流中不为所动地始终坚持自己擅长的写作风格，比如“嬉戏叙事风格”，是很不容易的。我们了解到，您一开始是在业余时间进行写作，本职工作也很忙，这上千万字的14部作品是如何坚持下来的呢？

意千重：最主要的原因还是热爱，我一直都是用业余时间进行写作。四季更迭，年复一年，都是下班回到家就坐到电脑前看看写写，能推掉的人情往来和社会交际都统统推掉。毫不夸张地说，最辛苦的那几年我都坐出茧子啦。第二个原因是表达欲强烈。由于工作性质，我很难有那么多机会和别人说话，憋得很难受，所以想要把那些话诉诸笔端。第三是因为我有稳定的创作环境。我入行较晚，生活环境和工作环境都相对稳定，这让我能安心地持续创作。另外还要感谢我的家属，他承包了家庭琐事，让我能够不操心家务和孩子，给了我安静宽容的写作环境。仔细回想一下，11年的时间，1800多万字，平均下来每天也就需要写4000多字，对一些勤奋的网络作家来说，日更上万都是手到擒来，我这也不算什么。我写得很慢，状态很好的时候一小时最多也只能写到2000字，平常就1000多字。但就是这样慢慢写下来了，并不夸张。

李玮：很多读者对您作品的评价都绕不开“文笔细腻”这四个字。您描绘人性时清晰但不冷峻，拉近了读者与角色间的距离，让读者在广开“金手指”的故事中不仅仅享受着代入的爽感，而且能够更深切地体味到角色在其所处的世界中真实生活的种种。您的这种创作优长是如何习得的呢？是否有受到一些文学作品的影响？这和您日常的生活体验有什么联系吗？

意千重：首先，这和我从小阅读的中国古典小说有很大关系，我受其熏陶很深，从中体会到的细腻文风，以及在阅读中培养的爱观察、爱思考的习惯，都给了我很大的帮助。其次是坚持上班的生活方式。多年以来，家人一直鼓励我坚持上班，比起宅家，上班让我接触到生活的实貌，让我更熟悉那些人情往来和社会规则。我认为写作是作者思想的折射。我内心戏很丰富，总会在遇到感兴趣的人和事时情不自禁地细细揣摩和代入。这种习惯潜移默化地融入写作中，就成了“细腻”，也许这就是“故事来源于生活但高于生活”吧。

李玮：在您的作品中，女主虽然常常出现在大宅院中，但不同于那些偏重雌竞、钩心斗角的宅斗文，您的写作重点更加从容，延展了生活的诸多侧面，往往能写出一种生活的质感：日常的饮食起居、不知能否顺遂的心愿、在纷繁情感中的犹豫与摇摆……这是否是您有意在避免自己的创作和其他宅斗文走向同质化呢?

意千重:这其实是在有意和无意之间的，我的创作是对我自己理想生活状态的一种描述与呈现。网络文学用“爽”吸引人，就是因为读者会代入主角的喜怒哀乐和人生目标，主角的成功会带来强烈的满足感。所以作者在进行网络小说创作时往往会给主角设置一个满足读者趣味的很“爽”的终极目标。但是这个目标的设立不仅仅是在迎合读者趣味，也是在折射作者的价值观。我入行时快30岁了，思想日趋成熟稳健，“稳如老狗”，并且我的人生道路比较顺遂，总能得遇贵人，所以一直认为生活中好人好事很多。当然遇到坏人坏事也是难免，这个时候就要有仇报仇啦，善良也要有锋芒，但是人生绝不能仅仅囿于“复仇”。人活一世要多享受美好，不要自找罪受。在我眼里，“过得好”包括家国安稳，吃穿不愁，尊重互爱，坦荡舒心。我相信我眼中的高质量人生对于读者来说一定也很有吸引力，因为这是一种比较普世的幸福生活，所以在有意与无意之间，我就创造和描述了这种充满温情的生活状态。

李玮:您的作品中多用“重生”元素，很多女主在第一世身世悲惨，重生后在第二世开始清醒用力地活得有声有色。您为什么偏好这类题材的创作呢?

意千重:第一是因为重生题材在网络小说中经久不衰。网络小说从诞生开始就和读者、市场紧紧绑在一起，看的人多就意味着至少成功了一半。我是一个成熟的网络作者，当然希望自己写的书能成功，所以就选择了这个相对火热的题材。第二是因为我觉得“重生”这个元素代表了大多数普通人想要“重来一次”的愿望，希望世间能有“后悔药”，能够“多一点幸福，少一点遗憾”。我自己也常有悔不当初的时候，总想着如果当时做了另一种选择，现在也许就会不一样。所以我希望能够给我笔下的主角一个再来一次的机会，去弥补遗憾。

李玮： 您创作了很多灵气四溢的女性角色，比如《凤门嫡女》中财商超高的大女主慕云晗、《卿卿来吃》中软糯可爱但是内在坚韧的朱卿卿，还有《画春光》中立志振兴越瓷的田幼薇。您笔下女性最大的特点就是自尊自立、不卑不亢。她们不是攀缘的凌霄花，在身不由己落入谷底时能够在沉浮中果断取舍，最大限度地保全自己的利益与尊严。她们通常有自己的傍身技能，这让她们能够在落入低谷时亦能生根发芽，即使没有男主也可以在俗世凡尘中成就一番事业。她们善于发现于己有利的一切环境因素，在此基础上充分发挥自己的能力，将事业搞得花团锦簇。除却那些技能与“金手指”，她们立足于世的最大依傍就是自己通透洒脱的心态，不卑不亢，挺直腰杆做人，其价值不建构在男性爱慕的基础上，而建构在毫不屈服的独立尊严之上。这是否表达了您对于女性理想人格的一种期待？

意千重：首先我要感谢你们的细致解读，感觉这个问题是透过表象看到了本质，很准确地把握住了我的故事想要表达的核心和灵魂，很理解我，我很开心。在小时候，爸爸经常告诫我和姐姐，做人要有志气，特别是做女人，一定不能吃受气食，要把主动权掌握在自己手里。我们小时候如果未经允许私自吃了别家的食物或者拿了人家的礼物，一定会挨揍。长辈一直教育我们：宁愿我予人，不愿人予我，别总想着向别人伸手。爸爸要求我们有一技之长，说自己的本事才是最靠得住的。在他们的教导下，我的姐姐成为一名优秀的医生，而我则学习文科，让写作成了我的傍身技能。在家庭环境中不断耳濡目染，我"独立自尊"的人生观和价值观就这么形成了。我情不自禁地把这种人生观、价值观写进小说，希望能够给阅读我作品的大女孩、小女孩带来有益的影响。我希望她们能在自己的世界里活得更加灿烂、独立、自在和坚强。

李玮：接下来我们聊一聊您作品中的"爱情"。您作品中的爱情通常是势均力敌的，这种势均力敌不是指二者身份地位上的适配，而是指双方都可以坦然地给予对方发挥自身能力的空间，这源自心态上的平等以及对彼此能力的充分肯定。甜宠文中通常会出现一方有意无意地给另一方包办一切的模式，这种模式实际上折射出一种高位者对低位者下意识的保护心态与掌控欲。而在您笔下的爱情中，双方在千丝万缕的命运纠缠中有着自己的独立空间，同时也各自承担着更多的责任。这就让爱情故事的发展从一般言情小说惯用的各种幼稚的误会和阴差阳错的套路中跳出来，让双方在充分体现自身优点与价值的过程中互相吸引、共同成长，同时亦在合理的范围内让角色做出合理的让步与修正，从而实现原有矛盾的消弭、信任与默契的增长。这是一种“你成全我，我完备你”的势均力敌的爱情观。这其中是否也体现着您对于两性关系的理解？

意千重：对，我个人觉得不论男性女性，首先都是作为人存在的。人存活于世的基础就是要独立自主，完善自己。爱别人的前提是爱自己，因此在两性关系中独立人格很重要。青春美貌随着年岁的增长会逐渐消逝，但人格魅力会像美酒一样历久弥香。我认为很多痛苦都是“不对等”引起的，例如爱情中情感付出的不对等，工作中能力和野心的不对等，生活中财富和欲望的不对等。爱情不是生活的全部，虽然人生来有着谈情说爱、繁衍后代的本能，但人之所以为人，作为一种顶天立地的高等智慧生物，除去爱情之外，还有很多有意思的事情可以做。我接受不了把所有的愿望和价值寄托在单一的个体上，那样会使你失去自己人生的掌控权。我希望自己能够决定自己的一切，否则就会陷入一种没有安全感的压抑和痛苦中。爱人作为相扶一生的搭档，必须要势均力敌，他们要互相成就，互相扶持，才能过得舒服。

我所说的“势均力敌”不是单指事业、成就、财富，而是指精神、情感上的势均力敌，是一个互补的、平衡的关系。不过这里要补充一下关于爱情故事里的各种误会、阴差阳错的套路问题。我觉着生活总是充满意外和惊喜，突然和意外也很有魅力。讲一个发生在我身边的奇妙故事，我有个同事，当初和别人打同一辆车去参加同一个岗位的同一场考试，虽然一成一败，但是最后他们竟成了夫妻，我觉得这也是一种非常浪漫的爱情的发生方式。只是我年龄比较大，日渐沉稳，我老公又是一个“直男”，从前也没吃过太多“糖”和“醋”。所以那种甜甜的宠文，虽然很想尝试着写一写，但还是觉得真不适合自己，有点遗憾。

李玮：在《世婚》和《画春光》中，您没有给男女主开太多“金手指”，而是选择让他们在新一世的纠葛中用更接近普通人的方式去化解隔阂，其中体现出的婚姻中矛盾与误会的产生与消解很有生活感和现实意义。这是否表达了您对于婚姻与个体之间关系的思考？

意千重：确实表达了我对婚姻和个体之间关系的思考。写书的时候我已经结婚好几年了，对新闻、书籍和周围的人事看得也多，对于婚姻中矛盾的产生与解决积累了许多经验教训，所以就形成了这种相对老成的思考和表达方式。我认为小说男女主的婚姻也免不了凡尘俗事，吃喝拉撒、柴米油盐，那些生活里的鸡毛蒜皮一样都要面对，写的时候就下意识地表现出来了。但其实我认为能够肆无忌惮地大开“金手指”对作者来说是一种幸福，也是一种本领。这至少说明作者心理上还很年轻，能够“飞”起来。我小时候被父母唠叨提醒，长大后被社会教育成长，一路走来，每一步都要用尽力气去争取，因此就成了一个接地气的、现实的人，脚牢牢地拴在地上，“飞”不起来了。这是优势，也是劣势。优势是我的生活常识让我写作时逻辑性较强且接地气，劣势是有时吸引不了读者。网络小说的读者群体相对比较年轻，有“少年感”和“少女感”的情节与对话更能走进读者的内心，引发那个年龄段特有的情感共鸣。所以网络作者必须紧跟时代潮流，不断更新自己的知识库和表达方式，否则就会被时代抛弃。根据最新的网络作家年龄构成数据统计，90后网络作家大约占了26.4%，95后网络作家占了大约36%，而我这样的80后，只占了8.9%。为了不被后浪拍死，我也一直在努力地紧跟他们的脚步。

李玮：您讲的这些我们深有同感，而且非常动容，我也相信努力是不会白费的，我们会持续关注您的创作。最后是否可以请您就这次获评中国作协影响力榜谈一谈感受呢？

意千重：我最主要的感受就是开心。这既在意料之中，也在意料之外。写《画春光》时，瓷器题材在网络小说领域还是一片荒芜，没有人敢去尝试，我的尝试其实也冒了很大风险。虽然说我成名有了几年光景，但实际上“大神”也怕被嘲笑，也怕人家说“你看她，写一本书扑成这种样子”，我很爱惜自己这个笔名的。

一直以来对瓷器的兴趣促成了我写这个题材的渴望，这是第一个原因。第二个原因是瓷器题材紧扣传统文化的弘扬，我想要为之做出努力，知道这个作品入围影响力榜的评选时，我心里特别高兴，我认为古言写作可以用这种寓教于乐的方式来弘扬传统文化。如今瓷器题材在年轻人群体中很小众，很多人觉得日式和风瓷器、西方的骨瓷很好看，觉得别人的东西很好，但实际上中国才是瓷器的老家。根据我的考证，朝鲜、日本的瓷器都受到了中国瓷器工艺的影响，我觉得很有必要让大家了解这些知识。

我认为网络文学的肩上担着这样的责任，它应该是对严肃文学的有益补充。很多人把严肃文学跟网络文学割裂、对立起来，但网络文学也是人民的、群众的、大众的，它的发展其实促进了全民阅读。我个人看来，严肃文学更多的是一种精英文学，它的门槛很高，你不可能要求一个农民工、一个快递工人，在辛劳一天后的片刻休息中去阅读那种对他来说读起来很困难、很累的文学作品。在弘扬传统文化这方面也有很多很优秀的纪录片，但是大家更乐意去看一些很热闹的综艺真人秀，其实就是为了放松。大部分人工作已经很疲惫了，实在静不下心去看这些知识性的严肃文学作品，这时网络文学就可以对严肃文学进行补充。我一直以来的观点就是“寓教于乐”，把传统文化融入娱乐性更强的网络小说当中去。之前我写那本《国色芳华》，就是旨在弘扬牡丹文化。牡丹是中国的国花，大家都知道“花开富贵”，但是种花其实是很枯燥的事情，谁会去做？所以我把这个过程写进网络小说里，让大家在看故事的同时顺带了解牡丹文化。包括我在写作中呈现的盛唐都城构造、社会等级等社会背景，也算是一种潜移默化的科普。《司茶皇后》写的是茶文化，我在里面介绍了黑茶、红茶等茶文化的由来，还有一些种树选种知识、茶叶贸易知识等。我希望大家看了我的作品之后，能够对相关知识有一些基础性的了解。中华传统文化璀璨如星河，不能被埋没落灰。我觉得这是我个人对社会尽的一点责任吧。

李玮：您讲得特别好，“寓教于乐”是网络文学的一项功能，也是您创作的一种特质，期待在未来您能够创作出更多这类作品。再次感谢，您对于自己创作历程和心得的细致讲述为如何创作精品网络文学提供了有益的启示！

本文首发于“扬子江网文评论”微信公众号 2021 年 12 月 13 日。

拓展网络历史文写作的限度

——七月新番访谈

七月新番　王献素　李玮

引言

历史文，在网络文学类型中是一个独特的存在。历史文的写作所考验的不仅有作者的历史素养，还有其驾驭宏大叙事、把握历史风情和掌控故事节奏的能力。七月新番，近年来最杰出的历史文作者之一，他的《汉阙》入选了2020年中国作协网络文学影响力榜。

从《春秋我为王》到《新书》，七月新番一步步诉说着他的历史故事。从主角塑造到群像刻画，从展现运筹帷幄，到书写制度改革、战场风貌，七月新番的创作不断地实现自我超越，并以此拓展了历史文的写作限度。在创作过程中，七月新番特别重视历史的细节，他翻阅大量史料、论文，赴河西走廊实地考察，积累海量的素材。同时他也在思考小人物和宏大历史之间的关系，在历史的洪流中呈现个体命运的沉浮。其创作也由此呈现出网络文学中少有的雄浑沉厚、慷慨悲歌的风格。

李玮：七月好，还记得您在《春秋我为王》的上架感言中写道："我希望，哪怕再过十年，只要有人提起写春秋的小说，就绕不开这本《春秋我为王》！"那时候就感觉您很有创作理想。那么，一开始您是怎么想到要走上历史文创作道路的呢？

七月新番：这个说来话长，现在想想写历史文可能是命中注定。我从小就对历史有很浓厚的兴趣，历史教材都是当课外书来看的，小学时就把初中高中的历史课本看完了。但是高中分科时因种种原因选了理科，大学时又读了生物专业，与历史失之交臂。直到本科毕业以后，因为心中的执念，才选择了跨专业考研，考取了历史系。另一方面我又很喜欢读网络小说。最开始是从《诛仙》这些早一批的网络小说看起，但随着口味越来越"刁"，能看进去的书渐渐不太多了。大学的时候也尝试过动笔，比如玄幻、奇幻、仙侠都写过，但无一例外都石沉大海，"扑"得非常惨，甚至连签约都很难。最后仔细琢磨，自己好像唯一没写过的就是历史小说了，为什么不试一试呢？那时候是2015年，刚好考研结束，知道自己以后要以历史为专业，就想正好推一把懒惰的自己。因为当你认真准备写一本历史小说时，需要阅读海量的资料，也算边写边学，一石二鸟，这才有了《春秋我为王》。

李玮：当时您为什么选择春秋这个时代进行创作呢？

七月新番：因为当时我对春秋这一段历史很熟悉，已经读过好几遍《左传》《国语》了，就资料准备而言，会比其他朝代更充裕一些。

王献素：度过人生中比较繁杂忙碌的一段时间后，您将目光投向了秦，写出了《秦吏》，伴随着这本书，您的生活和事业也都走上了正轨。《秦吏》的成绩十分喜人，可以介绍一下写作缘起和构思吗？

七月新番：我喜欢按照朝代顺序往下写。一来是本人有点强迫症；二来是能以这种方式呈现历史系的视角和优势。当时定下了一个很大的目标，就是用穿越小说的方式书写中国历史，贯穿古今，现在看来这个目标确实有些不自量力了。春秋战国以后就轮到秦了，最初没能找到很好的切入点，毕竟秦朝虽然短暂，但历史太过精彩，一时间难以下手。直到有一次看了《国家宝藏》，那一期讲的是“云梦睡虎地秦简”。撒贝宁扮演里面的秦吏喜，演绎得非常有趣。笑过之后又感觉那一期的内核很有意思，然后就知道接下来要写的秦朝小说里，应该以什么为主题了。那应该是一个从根基上撑起了秦朝制度的群体，于是便有了这个书名——《秦吏》。

定下主题之后就水到渠成。秦代的资料除了正史，主要还是依靠考古发现。刚好我们男频小说的作者有一个习惯，就是喜欢构建一个以假乱真的世界，不论是奇幻、仙侠小说还是历史小说，这就涉及对于历史风貌的还原。于是那段时间我就仔细研读了很多云梦秦简的研究资料。虽然确实枯燥难嚼，但里面涉及了秦朝的律令，包括兵役徭役、户口甚至奴隶买卖。依靠这些事无巨细的记录，才构建起一个尽量贴近秦朝的故事背景。小说的主角也来自云梦秦简，著名的《黑夫木牍》，这本中国最早的家书，上过《见字如面》。作为一个小人物，黑夫给母亲写信，希望家里能够给他制作衣服，并寄一些钱来。它的文字虽然古老，但就情感而言，和现代人并无区别，能够让人产生很强的共情。我就想，这封信的主人可能战死在战场上，没有在史书上留下只言片语。但是他作为一个普通人，加入了这个大时代的涌动中，如果能赋予这样一个人物以现代人的灵魂，又会发生怎样的故事？于是就有了《秦吏》的全篇六卷。

王献素：2020年完结的《汉阙》写得慷慨悲歌，在写作过程中您不急于让主角升级，而是从底层士兵写起，写了大漠孤烟、长河落日的古战场和边疆征战的艰苦与壮烈，您是否可以谈一谈这样构思的初衷？

七月新番：其实，当书写的朝代确定后，其所暗含的核心也基本确定了。写春秋是想写文化的根源，写战国是想写文化的裂变，虽然最后也没写好，到了秦朝就是大一统制度。当轮到汉朝的时候，我就在想，汉朝的核心是什么？我认为是一种开拓进取的精神。很多人会联想到张骞的千里

“凿空”之旅，我也想到了陈汤的那句话，“犯我强汉者，虽远必诛”。

在《秦吏》完本后，我有了一次去大西北的旅行。从兰州出发，穿越河西走廊，看到了很多美景，也感受到了西北的苍茫与荒凉。最重要的一站就是敦煌，除了莫高窟，当地还有大量汉代遗迹，比如长城、边关烽燧、玉门关和阳关旧址，出土了很多简牍，是当时戍边士兵的记录，我们从中可以看到汉朝人的生活细节。从每天吃什么的日常小事，到匈奴入寇的战争，再到公主和亲、佛教传入等影响历史的大事，都浓缩在一枚枚木简里。

后来又看了一部纪录片叫《河西走廊》，里面的音乐非常好听，它是音乐大师雅尼写的，叫《河西走廊之梦》。当这首曲子响起，第三集《驿站》讲到汉朝使者路过一个小驿站“悬泉置”的故事时，我就知道该写什么了。我的视角要放在一群普通的边塞戍卒身上，他们和今天的边防战士很像，用自己的躯体和生命守卫着这条重要却又脆弱的通道，一边要警惕敌人的入侵，一边又要保证汉朝使者能够安全地去往远方。

李玮：您讲得特别生动。这本书除了主角，您还塑造了许多他身边的人物，像一种半群像式的描写。

七月新番：对，这一本书就想稍稍有一些突破嘛。在《春秋我为王》的时候，许多人物都是一笔带过，因为根本不会写。到《秦吏》的时候，依然是不会写人物，所有的精力都只能用来塑造主角和秦始皇寥寥几个人。到了《汉阙》时就想突破一下自己，让自己咬牙写一次，希望能写出更多让人印象深刻的人物。

王献素：《汉阙》突破了《秦吏》，同样，《新书》较之《汉阙》又有很多不同之处。您为什么会选择“新朝”这一特殊的历史时期进行创作呢?

七月新番：一是因为强迫症，西汉后面就轮到新朝了。另一个原因是之前准备资料的时候，觉得这一段历史其实是很有趣的。虽然新朝才短短十多年，但它的历史很有魔幻现实主义的味道。王莽是一个神神道道的人，到死都相信自己是五百年一出的圣人，更离谱的是，他居然让大多数人都相信了自己，以禅让的方式取代汉朝。他也是一个理想主义者，做出的改革在如今看来都十分超前，而这种超前又注定了王莽的悲剧结局，他的很多想法是当时的生产力根本无法承担的。当时我就觉得，如果仔细挖掘一下这段历史，精彩程度一定不亚于三国。

还有一个原因是，写《汉阙》前我做过读者调查，发现对这一段历史感兴趣的读者最多。大家很喜欢玩“梗”，比如说王莽是“穿越者”，刘秀是“位面之子”，但是网络文学里选择写这个朝代的小说非常少。当时我查了一下，酒徒和六道写过非穿越的，女频也有，还改编成了电视剧，要是我再写一本穿越题材，就算完成拼图了。毕竟搞历史的人有个职业病嘛，就是喜欢填补一下空白。但现在回头看看，当时的想法还是有些天真了，太过生僻的历史确实对作者和读者都不够友好。

王献素：您的小说中值得称道的地方其实很多，但是我们觉得最有特色的一点，就是您小说中的历史风味尤为浓厚。与其他许多网络历史文的处理不太一样，您关注历史风貌、历史细节，尤其是您作品所陈述的主体并不是一般网络文学中的主角，而是主角表现和群像刻画的结合。您能谈谈为什么这么写吗?

七月新番：一来是这种方式比较适合我，让我能发挥自己的一些知识优势。另外一点，仅就个人喜好而言，我喜欢的历史小说就得是“写一段历史要像其风貌”。不只是表皮，最好能摸到某个朝代的精髓，把时代的兴衰也给描绘出来。

举个例子，马伯庸老师有一本书叫《显微镜下的大明》，它从明代一些民间档案文书里挖掘了很多尘封的故事。在这些正史从不提及的故事中，我们能看到很多普通百姓的诉求以及一些狡黠的民间智慧，甚至有那些小吏耍奸耍滑的手段。我们从这些细节里能看到当年非常鲜活的一些生态。马伯庸老师这本书里的故事都聚焦在很小的地方和事情上，比如一个小县城、一个小村庄；比如当明朝的人遭遇税收不公的时候，他们如何奋起抗争；当朝廷要求整顿户籍的时候，那些官员又是如何急于从中造假。我认为历史小说的魅力就在于此，要想打动人就必须从细节入手，不能只关注大的朝堂，还要关注各种更底层的东西。

王献素： 您塑造了各式各样的人物，中心人物有始皇帝、霍光、王莽、刘秀之辈，其他人物有李信、马援等武将，扬雄、喜等文士，孙十万、巨毋霸等小人物，他们都有自己的坚持和理想。人物不胜枚举，却各自有各自的精彩。他们的价值并不围绕着主角而产生，主角只是给了他们去蓬勃激昂地创造价值的机会，这其中是否寄寓着您对历史人物的独特理解？

七月新番： 也谈不上特别独特的理解。之前我就说过，人物一直是我的短板。比如《春秋我为王》和《秦吏》，很多角色都是工具人。当时写作经验不足，就只能盯着特别重要的人物塑造，在《春秋我为王》里，我主要塑造的是孔子和主角的父亲赵简子。虽然有一些瑕疵，理解也不够全面，但真的是尽最大所能去还原人物的喜怒哀乐，把他做得对的事情和不对的事情都写出来，然后就像“留待世人评判”一样留给读者去理解。我一直认为现在的历史小说里，主角才是最无趣的那个人，因为读者越来越无法接受主角犯错。但是配角不同，他们能有千奇百怪的经历，他们才是那段历史真正的主角。

李玮：在情节上，您有一个特色，就是很喜欢以史写史，善于采用非历史节点的历史故事去构造小说的故事情节。这种将大量历史元素综合运用到历史文写作中的方式，一方面产生了历史原汁原味的传奇感，另一方面则塑造了许多搞笑的情节，从而增加了小说的幽默感。您能谈一谈怎样融合历史性和故事性（趣味性）吗？

七月新番：大概是从《秦吏》开始，我就意识到自己的文风太过严肃了。正如李老师您说的，认真看的话会让人感觉疲乏，很多读者也这样反馈，说好看是好看，就是看得太累了。当时我就想，我能否加入一些搞笑的桥段？如果能让读者看的时候会心一笑，他可能就不觉得太累了。当时正好起点推出了“本章说”，每一个段落后，读者都可以留言。我就开始研究读者对哪些段落更感兴趣，更有参与讨论的趋向。于是我就加入一些“历史梗”，让读者能够乐一乐，调节一下整体严肃的文风。这样做有利有弊，利好的一面是能增加读者的参与度，让他们倾向于支持正版，因为盗版网站是没有这种功能的。现在很多读者不是在追一本书，而是在追“本章说”，他们就像看弹幕一样，很想知道有没有其他人对这一段剧情产生相似的感觉，从中找到的共鸣会增加付费读者的黏性。但另一方面，插入的“历史梗”和其他的一些东西也会打断读者阅读的进度。当读者紧张地阅读一个情节时，作者在中间插了一个“梗”，这样就会影响阅读的集中度。这样做有利有弊，我也在尽量寻找一个适中的度。

李玮：有些作者写历史文是依照“任何古代史都是当代史”处理的，但是您的作品总体而言似乎更为关注历史风貌本身。我们很好奇，您的历史观是怎样的？

七月新番：虽然历史小说的视角经常集中在一些英雄人物身上，但在整理资料时，我就会发现历史本身还是被小人物推动着的。我举个例子，《史记》中最打动我的是《货殖列传》，这是司马迁非常独特的一篇文章，甚至后面二十三史都找不到相似的篇目。因为司马迁把目光放在了普通人身上，那些当时很被朝廷士大夫瞧不起的小商贩，低头耕耘的农夫，以及他们贩卖的货物、种植的蔬果等，这才是社会经济的基础。从其他篇章里，我看到的是王侯将相，但是从这一篇里，我看到的是芸芸众生。我的历史观就是人民史观，人民是历史的创造者，他们才是真正的英雄。

李玮：能请您谈一谈对您产生重要影响的作家作品吗？

七月新番：有的，非网络小说的话，对我影响最大的是《冰与火之歌》。乔治·马丁的书我非常喜欢，他把每一个人物都塑造得非常好，我读过很多遍。

网络小说的话，对我影响最大的是阿越的《新宋》，这是我最喜欢的历史穿越小说，它甚至还影响了我的人生。我看这本书是在大学期间，也关注了阿越的微博。我看到他因为喜欢历史就从工科跨专业考研到了历史专业，还考上了历史学博士，这也是我敢于踏出这一步的原因。后来我才知道，原来阿越一直住在昆明，我们这才有机会线下聚会，我也终于见到了自己的偶像。

李玮：您怎么看网络文学的发展前景？

七月新番：我认为网络文学经过二十年的蓬勃发展后，已经不算新事物了。但很多传统文学的作家还总觉得我们是新冒出来的，外界对网络文学的误解依然存在。其实网络文学已经很成熟，也走到了一个关键的岔路口，下沉市场和免费阅读的网络文学方兴未艾。而一些创作多年的老作者，渐渐不太懂年轻读者想看什么了，他们渐渐倾向于自我表达。但我依然认为，网络文学的未来，应该是精品化和大众化的结合。

李玮：今年您的《汉阙》入选了中国作协网络文学影响力榜，能否请您谈一下获评感想呢？

七月新番：根本没有想到。参加这次活动时，我以为我竞争的是网络作家新人榜，对于《汉阙》能入选影响力榜，我没有任何心理准备。这本书是我最用心的小说，没有之一。《春秋我为王》和《秦吏》还是坐在书房里做道场，靠资料和臆想来写作。写《汉阙》的时候，我是亲身跑到西北考察。原本定的路线是到了敦煌以后，从青海那边绕行西宁，只因为我想看看西域，就临时改了计划，从敦煌出玉门关往吐鲁番走，去看了交河古城，在沙漠边缘绕了一大圈，又去看了巍峨的雪山。这些经历最后都成了小说里主角的行程。

再者，我的知识先前主要集中在春秋战国和秦，涉及汉朝，便走出了舒适区。为了写好汉阙，我需要翻看更多资料，去补上知识盲点。虽然很用心，但这本书的成绩有些不尽如人意。《秦吏》赶上了2018年移动互联网阅读的最后一波热潮，它的成绩拔得很高。而《汉阙》的订阅成绩只是《秦吏》的一半，难免会有落差，自己还挺失落的。今年（2021）忽然一下子就获了奖，这本书两次登台，被读者和主流媒体重新发现，甚至能够有机会改编影视，那种喜悦一时难以言说。我不免想起一句话：你做的每一分努力，都不会被辜负。

本文首发于“扬子江网文评论”微信公众号2022年1月19日。

代后记

邢晨

如果说《对话：走向网络文学经典之路》的“序言”是开场前的定调，以一种对于网络文学现场的强大把控能力，胸有成竹地调度人物出场，先导性地讲解其中的互文与互训之处，并概述场上风貌，那么“后记”所要做的也许就是抻好一块具有纵深感的幕布。以褶皱的纹路增加画布的真实，以枝叶的斜攀点出墙体的生机，把纪录片与花絮剪在一起，做成“杀青特辑”，或者用更网络文学的话来说，就是要加注一种“氛围感”，以种种零碎乃至散漫的细节，让整场对话的发生伴随着一些纸张翻动、轻声漫谈的白噪声。本着这样一种撰写后记的思路，留给我回忆与措辞的压力才能减轻些许。

合集中的大部分访谈来自2021年至2022年扬子江网络文学评论中心在《青春》杂志上开设的《网络文学评论》专栏。每月一期的专栏中只访谈这一项就占据了绝大部分工作量。因为访谈的效果决定着每期专栏的“属性”，具体而言，就是决定着主持陈词的角度、榜单推荐的搭配，乃至整理校对之时的风格把握。可以说，是在有侧重地选择之下，对每一位风格不同的作者进行的量身定制与联动发挥。往往一个半小时左右的谈话，前期要做大量准备工作。无论作者写过多少篇作品，我们都按照时间线索一一看过，穷尽相关新闻与他人访谈，以做到心中有数，从连载区读取实时评价，从公共平台获取发言信息，以不亚于论文写作的严谨，寻找其中的空白，力图求新求变，在完整阅读与内外“综述”的基础上，做作者侧绘与读者画像，不仅替读者问出了许多他们关心的问题，也替作者按照时间线索梳理了思想的脉络。许多读者说，这些“本尊回应”能够为他们释疑解惑，而许多作者也说，他们借此对自己的创作有了一个新的认识角度，这些积极的反馈都是对我们工作的最大鼓励。

与各位作者对话时的种种场景现在想来还历历在目。在冬日午后的工作室，跳舞口若悬河，从最初的动笔到每一篇创作的苦心思变，自述个人史的思路明晰顺畅。受疫情影响，许多对话都在线上展开，也由此增加了许多新的体验，与黑山老鬼在不同的赛博空间内彼此等待，意千重聊着聊着决定还是打开摄像头与我们“面基”。蒋胜男、七月新番等写历史文的作者，时常说出一些历史人物的名字，我们总是要再三核查，以确定其人。天下归元、蓝色狮、会说话的肘子、雨魔、卓牧闲、言归正传、寂月皎皎等作者的访谈在编辑部进行流转过程的每一个环节，从版式、插图、首封，到引言、简介，都经过了一轮又一轮的讨论，秉承着精益求精的原则，在完整呈现细节与内容的同时，我们也最大限度地保留作者的风格与特色。

这十五场访谈中，十三场都由李玮老师主持，我偶尔作为旁听到会，但我对每一篇都非常熟悉，因为每一行文字都曾经过我至少三次在不同环节的审校。从蒋胜男访谈开始，进行基础的稿件整理工作，再到能够独立主持访谈，其间经过了数次训练。每一个整理到薄暮冥冥的傍晚，似乎都能点燃我也去注册账号写作的想法，随后对比一下各位作者的辛勤，复又作罢。

最终呈现的访谈是定型的固体，而在此之前，是更具有漂浮意义的流体，携着幕后制作人员的流淌情绪，变换一字一式，定型让它变得精致而美丽，也将一支又一支不足入耳的插曲收拢在匣。比如选择沉筱之进行访谈是因缘际会，当时我在做她与灯的访谈，她推荐我去阅读与《观鹤笔记》在同类讨论区的《恰逢雨连天》，点开一看，恰好是《青云台》的作者，我们刚刚将这部作品推上月榜，两部惊艳之作的交叉锁定，促使我向李老师提议将沉筱之作为下期访谈对象。再如，在为南方赤火的访谈撰写引言与相关评论时，曾想以“别样清穿”为题，但南方赤火对这一立意不予赞同，辩驳《女商》与“清穿”的远近，以近千字的内容来表达她对于论域的看法，其中所体现的清晰逻辑与对于自身写作的强大把控能力令人叹服。我们最终选择了更为恰当的“去标签化”为整场专栏定调，其实正得益于南方赤火的这一坚持。

如果一定要谈遗憾的话，那就是有关她与灯的访谈因成稿形式的区别，未能在本次收入其中。对话的路还有很远，我相信扬子江网络文学评论中心未来的访谈合辑将会以更加多元的形式、更加丰富的内容呈现每一阶段的网络文学现场，让更多的作者从一个符号回落为一个血肉丰满、灵魂闪光的人，解密中国网络文学生生不息的内生动力。

访谈至关重要的部分都由李老师承担，也牵扯了老师许多精力与时间，但她每每都能准备充足，精神焕发地提前到场，以活跃的态度与饱满的信心，点燃团队协作的热情，并进行细致、精到的培训与指导。这部访谈集的出版是李老师奔跑在网络文学一线的重要“秋果”，也是扬子江网络文学评论中心对于“网络文学之春”进行展望的起点之一。在此感谢南京出版传媒集团董事长项晓宁和《青春》杂志总编辑李樯所独有的出版目光以及对网络文学发展的关注，感谢孙海彦等编辑的辛勤劳动，感谢朱怡淼教授和管文颖、蒋天昊、钱羽洁、王献素、沃熠娴、沈志宽、纪淑龄、曹李馨等同学对访谈的热情参与，感谢“扬子江网文评论”编辑部成员夏红玉与徐欣姿在定稿过程中进行细致校对，最后感谢其他所有为访谈集的形成与出版付出努力的师友。